WHISPERS OF THE ORCHID

난초의 속삭임

식물세밀화 67점이 들려주는 예술과 자연 이야기

난초의 속삭임

지은이 한국보태니컬아트 협동조합

펴낸이 신소영

주간 안종복

펴낸곳 그림정원

등록 2020년 11월10일 제2020-000238호

주소 서울시 서초구 강남대로8길 15-1, 302호

전화 070-4333-5727 팩스 02-574-3831

전자우편 kbacoop@gmail.com

홈페이지 www.kbacoop.com

인스타그램 kbac_books

ISBN 979-11-974873-2-3

값 18,000원

난초의 속삭임

목차

행복

들어가는 글

난초는 오래전부터 인간의 창작 욕구를 자극해 왔습니다. 섬세한 꽃잎과 우아한 자태는 예술가들의 붓끝을 춤추게 하고, 시인들의 펜을 움직이게 했습니다. 이 책은 난초과 식물을 통해 자연의 경이로움을 탐구하는 여정입니다. 우리는 식물세밀화라는 독특한 예술 형식을 통해 여러분을 난초의 세계로 초대하려 합니다. 페이지마다 정교하게 그려진 난초 모습은 단순한 그림 이상의 의미를 지닙니다. 그것은 자연의 완벽함에 대한 찬사이자, 인간의 관찰력과 창의성의 결정체입니다.

이 책에 참여한 작가들은 개인의 시선으로 난초를 바라보고, 각자만의 방식으로 해석했습니다. 때로는 과학적 정확성을, 때로는 예술적 감성을 더해 난초의 다양한 면모를 포착했습니다. 그 결과물은 난초에 대한 우리의 이해를 넓히고, 자연의 아름다움을 새롭게 인식하게 해 줍니다.

『난초의 속삭임』을 읽는 동안 여러분은 신비로운 난초의 세계로 깊이 빠져들게 될 것입니다. 각 그림과 함께 실린 에세이는 난초에 대한 흥미로운 이야기, 역사적 의미 그리고 작가들의 개인적 통찰을 담고 있습니다. 이 책이 여러분에게 자연의 경이로움을 다시 한번 일깨우고, 일상에서 놓치기 쉬운 작은 아름다움에 주목하는 계기가 되기를 바랍니다.

안녕하세요, 자연과 예술의 조화를 추구하는 그림정원 출판사입니다. 『난초의 속삭임』은 한국보태니컬아트 협동조합 소속 작가 23인이 1년 6개월간 준비한 67점의 난초 세밀화 작품과 작가의 생각을 녹인 책입니다. 각 작가들은 자신만의 독특한 시각으로 난초를 관찰하고 표현했으며, 그 과정에서 발견한 놀라운 이야기를 에세이로 담아냈습니다.

난초과는 일반적으로 난(Orchid family)이라 부르며, 다양하고 광범위한 꽃을 피우는 식물군 중 하나입니다. 약 25,000종이 있는 것으로 알려져 있으며 육성종을 포함하면 50,000종 이상으로 매우 다양합니다. 남극을 제외한 전 대륙에 자생하며 대부분 열대, 아열대 지역에 분포하고 있습니다.

난초과 식물은 풍부한 종 다양성으로 보호가 필요하지만, 현재 다른 어떤 식물군보다 자연적, 인위적 훼손 위협을 받고 있습니다. 특히, 무지몰각한 개발로 인한 자생지 소실과 무분별한 불법 채취는 우리의 난을 자연에서 보기 힘들게 합니다. 이에 환경부에서는 24종의 난초과 식물을 멸종위기 야생생물로 지정하여 보호하기에 이르렀습니다.

이 책은 난초를 사랑하는 분들은 물론, 자연의 아름다움에 관심 있는 모든 이에게 새로운 영감을 줄 것입니다. 또한 식물세밀화라는 생소한 예술 장르에 대한 이해를 넓히는 데에도 도움이 될 것입니다.

『난초의 속삭임』이 여러분의 서재에 작은 정원을 선사하고, 일상에 잔잔한 아름다움을 더해주기를 바랍니다. 자연과 예술 그리고 인간의 창의성이 어우러진 특별한 여정에 여러분을 초대합니다.

Whispers of the Orchid

난초의 속삭임

도전

너는 누구니?

막실라리아 칼리크로마 (Maxillaria callichroma)

동글동글 귀여운 느낌의 노란색 꽃이 핀 난초를 만났다.

한쪽으로 살짝 눌린 청포도알 같은 유사 구근도,

끝 부분이 하트 모양으로 살짝 들어간 잎도,

따뜻한 노란색 꽃마저 모두 동글동글하다.

옆쪽 꽃잎이 살짝 뒤로 말린 모습이 컬이 들어간 여자아이의 단발머리같이 귀엽다.

순판, 혀라고도 하는 입술 중간의 선명한 빨간색 부분에 광택이 돌아서

달콤한 체리처럼 상큼한 과즙이 들었을 것만 같다.

이렇게 곤충들을 유혹하는 거겠지?

작은 꽃들이 옹기종기 피어 있는 것이 아이들이 모여 웃고 떠드는 모습 같다.

명랑하고 따뜻한 느낌이라 보기만 해도 기분이 좋다. 그려 봐야지.

만난 그 자리에서 이리저리 돌려 가며 가능한 한 자세히 보고 많은 사진을 찍고

운이 좋게도 작은 꽃 한 송이를 얻어 분해 사진마저 찍었다.

이렇게 한 자리에서 많은 자료를 얻기 쉽지 않은데

시작부터 잘 풀릴 것 같은 느낌!

2024 뎨하루

막실라리아 칼리크로마 *(Maxillaria callichroma)*

집에 돌아와 이 작고 귀여운 노란 꽃에 붙어 있던 이름표를 검색한다.

막실라리아 칼리크로마*(Maxillaria callichroma)*라는 이름,

칼리(Calli) 라는 어근은 아름다움을 나타내고 크로마(Chroma)는 색상을

나타낸다 하니, 뭔가 그럴듯하다.

따뜻한 노란색과 유난히 빨갛던 입술을 떠올려 본다.

근데 어라, 이 이름으로 검색해서 나온 사진들이 뭔가 다르다.

하나같이 기다란 꽃잎과 꽃받침을 가지고 있다.

내가 봤던 동글동글한 꽃이 아니다. 입술 색도 흰색에 줄무늬가 있다.

이게 어찌 된 일이지?

인터넷에는 잘못된 사진도 많다고 하니 도서관을 뒤져 좀 더

믿을 만한 자료를 찾아 본다.

영국 왕립식물원 큐(KEW)에서 운영하는 사이트 '세계의 식물 온라인(Plants of

the World Online)'에서 찾은 표본 사진도,

2018년 세계 난초 콘퍼런스에 출품된 칼리크로마 사진도

모두 화편이 길쭉하고 아래로 처져 있다.

이게 내가 만난 그 식물이 맞아?

아니면 내가 만난 식물이 칼리크로마가 아닐 가능성도 있을까?

막실라리아는 너무 큰 속이다. 수백 개의 종을 가지고 있다.

내가 본 모습이 맞는지 아닌지 확인하는 게 여간 어려운 일이 아니다.
어쨌든 열린 가능성을 두고 내가 관찰한 것과 비슷한 식물이 있는지
한번 찾아 본다.
첫 번째, 내가 찍은 사진으로 사진 검색하기.
두 번째, 속 이름 '막실라리아(Maxillaria)'와 색상 이름 '노랑(Yellow)'으로 검색하기

드디어 내가 만났던 말린 단발머리에 빨간 입술 모양을 한 꽃을 찾았다.
막실라리아 바리아빌리스(Maxillaria variabilis).
조금 더 알아볼까?

다시 도서관을 뒤져서 바리아빌리스가 나온 문서의 특징들을 찾아 본다.
쓰인 설명과 다른 부분이 있는지
주변의 비슷한 식물들에는 어떤 것들이 있는지

잎의 길이가 7cm 이상인가? 예
유사 구근의 잎이 한 개인가? 예
입술 길이는 1~1.3cm인가? 예
막힘없이 답하다가,
수평으로 뻗어 나가는 뿌리줄기(Rhizome)가 잎처럼 생겼는가?
여기서 막힌다.
뿌리줄기가 '잎처럼 생겼다(Leafy rhizome)'는 게 뭘까? 이 정도면 잎처럼 생긴 건가?

막실라리아 칼리크로마 (*Maxillaria callichroma*)

또 다른 검색표도 찾았다. 삽화도 있다.

추가 항목이 생긴다.

검색표에서 바리아빌리스 근처에 있는 막시밀리아들도 검색해서 사진을 확인
한다. 혹시 이걸 수도 있잖아.

결국 이렇게 찾아서는 결론을 내릴 수 없다는 걸 깨달았다.

장님 문고리 잡듯 더듬더듬 찾고 있는 나보다 더 전문적인 지식을 가진 누군가
가 확실히 답을 해줬으면 좋겠다.

유전자 검사를 해서 '이 식물은 100% 누구누구입니다.'라고 알려주면 좋겠다.

이럴 시간에 그림이나 더 그려야 하나…….

그래도 이렇게 자료를 찾느라 애를 쓴 덕에, 식물 모습을 더 자세히
구석구석 볼 수 있게 된 것 같다. 아마도…….

그림 그리는 책상으로 돌아가며 생각한다

너는 대체 누구니?

참고자료

• Seemann, Wilhelm E. G., Berthold Seemann, Kaiserlich Leopoldinisch-Caroinische Deutsche Akademie Der Naturforscher, and Kaiserliche Leopoldinisch-Caroinische Akademie Der Naturforscher, 1854, "Bonplandia." 1854. https://www.biodiversitylibrary.org/page/5007355#page/28/mode/1up.
• "Maxillaria Callichroma Rchb.f. | Plants of the World Online | Kew Science." n.d. Plants of the World Online. https://powo.science.kew.org/taxon/643335-1?_gid=1*1wtiw2m*_ga*NTczMTUxOTc2LjE3MjYyODc2NDc.*_ga_ZVV2HHW7P6*MTcyMz5NTMyNC4zLjEuMTcyMz5NTMzOC4wLjAuMA..
• Museum, Chicago Natural History, and Field Museum of Natural History, 1953, "Fieldiana." 1953. https://www.biodiversitylibrary.org/page/2451520#page/178/mode/1up.
• Botanical Museum, Harvard University, 1955, "Botanical Museum Leaflets, Harvard University." 1955. https://www.biodiversitylibrary.org/page/7463863#page/325/mode/1up.
• Wales, Orchid Society of New South, 2018, "Australian Orchid Review." 2018. https://www.biodiversitylibrary.org/page/61830283.
• Smithsonian Institution Press, 1928, "Contributions From the United States National Herbarium." 1928. https://www.biodiversitylibrary.org/page/400565#page/155/mode/1up.

≫ 김민영

평범하고 소소한 하루의 가치

코엘로지네 풀베룰라 *(Coelogyne pulverula* Teijsm. & Binn.*)*

저는 9살, 11살 두 아들의 엄마입니다.
제가 살면서 잘한 일 중 하나는 두 아이의 육아에 집중하기 위해
출산 후 전업주부의 삶을 시작한 일이라 생각합니다.

어쩌면 30년 저의 삶 중에서 가장 확고한 신념으로 결정한 일이기 때문일지도 모릅니다. 아이와 함께하는 삶은 어느 집이나 대부분 비슷한 것 같습니다. 아침 먹고 산책하고, 낮잠 재우고 놀아 주다 보면 저녁이 되어 하루가 금세 지나가 버리는 잔잔한 삶이지만, 조건 없는 무한한 사랑은 말하지 않아도 서로 느낄 수 있었기에 참으로 행복한 시간이었습니다.

아기띠를 하고 매일 산책하며 온전한 사계를 느꼈습니다. 똑같은 일상이지만, 산책하는 시간에 만나는 식물들은 늘 같은 자리에서, 새로이 변화하는 모습을 보여 주었습니다. 매일 지나가는 길에서 만났던 나뭇가지에서 겨울눈이 싹을 틔우며 잎과 꽃이 되는 마술을 보여 주기도 하였고, 무성한 잎이 그늘을 만들어 주기도 하며, 나무 위의 꽃은 꽃비가 되어 황홀한 기분을 느끼게도 해 주었습니다.

둘째가 태어나서는 작은아이를 아기띠로 안고, 큰 아이는 유아차에 앉히고 다시 산책길을 다녔습니다. 아이들에게 "꽃이 피었네!" "나무 그늘이 있어서 너무 시원하네" "나뭇잎 색이 변했네" 그렇게 제가 느낀 것들을 이야기하고, 아이는 작은 손으로 나뭇잎을 만져 보기도 하며 사철에 따른 자연의 변화를 느끼며 지냈습니다. 자연의 품속에서 커 가는 나무들처럼 그렇게 우리 아이들도 자랐습니다. 누군가가 말하는 전쟁 같은 육아가 저에게도 하루에 몇 번씩 있었지만, 변화하는 계절을 느끼고 예쁜 꽃을 만나면서 어느새 마음이 말랑말랑해지는 것을 느낄 수 있었습니다. 산과 들에서 아이들의 키가 자라는 동안 저도 마음이 조금씩 자라고

2023 JIL 040

있었나 봅니다.

아이들이 걷고 뛰어다닐 즈음엔 같이 흙 위에 그림도 그리고 솔방울로 자동차를 만들어 숲속을 이리저리 달리게 하고, 굴러다니는 도토리를 나뭇잎 위에 모아서 케이크를 만들어 어디서 지켜보고 있을지 모르는 청설모의 생일 축하 노래도 불러 주었답니다. 떨어진 나뭇가지는 아이들 머리 위에서 사슴 뿔로 변신하기도 하였죠. 모든 일에는 때가 있다는데 지금 아이들에게 예전처럼 솔방울 자동차 놀이를 하자고 하면 시시하다고 하겠죠?

그렇게 나름대로 최선을 다한 유아기 육아 시기를 지나 유치원에 보내고 나니, 무기력함이 찾아왔습니다. 혼자서 산책을 시작하고 곰곰이 생각해 보았습니다. 삶을 대하는 태도가 능동적으로 변하면서 마음이 혼란스러워지고 거센 파도가 치기 시작했습니다. 사회적 알람 속의 내 모습이 아닌 내 방식대로의 삶과 내가 정말 좋아하는 것이 무엇인지 고민해보았습니다. 산책하면서 만난 식물들의 사진을 찍고 수많은 사진 속 한 이미지를 골라 그림을 그려 보았습니다.

그림을 그리며 노력하고 몰입하는 저 자신을 발견하였고, 그동안 표현하기 어려웠던 내면을 그림이라는 방식으로 표현하는 법도 배우게 되었습니다. 그렇게 성장통을 겪는 동안 식물 그림을 그리며 마음이 단단해졌고, 또 다른 인생의 전환점이 된 식물세밀화를 본격적으로 시작하게 되었습니다. 육아를 하며 책임감과 인내심을 길렀고, 자연을 자세히 보아야 그 가치를 느낄 수 있다는 것을 깨닫게 되었고, 찬찬히 내면에 집중하면서 스스로를 알아가는 시간을 가질 수 있었습니다. 전업 주부를 시작할 때만 해도 식물세밀화 작가가 될 거라 전혀 예상하지 못했습니다. 평범했지만 열심히 가꾼 하루가 새로운 꿈을 꾸게 하는 자양분이 된 것 같습니다.

우리의 삶은 이렇게 미래를 알 수는 없지만, 그동안 쌓아 온 소소한 하루들이 모여 앞으로 나아가야 할 방향을 결정지을 수 있다는 것을, 노력하면 꿈에 가까이 다가갈 수 있다는 것을 지난 시간을 통해 알게 되었습니다.

식물의 삶도 마찬가지일 것입니다. 꽃을 피우기 위해서 보이지 않는 시간 동안 노력하고 있으니까요.   벌브* 속에 수분과 영양을 채워 조절하고, 습도와 온도 일조량이 적당할 때를 기다려 꽃대를 내었을 것입니다. 꽃이 피지 않은 '코엘로지네 풀베룰라'*(Coelogyne pulverula Teijsm. & Binn.)*는 초록색의 커다란 잎이 나 있는 평범한 풀의 모습입니다. 평범하던 이 난은 꽃이 피면 달라집니다. 바위나 나무에서 자라는 착생란으로 공중의 1m가 넘는 꽃대에서 노란 꽃이 주렁주렁 매달려 피는데, 여러 개의 꽃대가 한꺼번에 개화하면 화려한 모습에 시선을 빼앗기지 않을 수 없죠.

사람마다 꽃이 피는 시기는 다 다르겠지만, 자신의 방식대로 조금씩 준비해 나가다 보면 꽃봉오리를 맺을 날이 오리라 믿습니다.

* 벌브: 난과 식물의 줄기 부분

나만의 시간 속에서 피어나다

지고페탈룸 (Zygopetalum Redvale 'pretty Ann')

　　　　　　몇 해 전 노인복지관에서 보태니컬아트 강의할 때의 일이다. 3주 차 수업을 마치고 뒷정리를 하는 내게 70대 후반 정도 되셨을까? 한 어르신이 다가와 수줍게 말을 건네신다.

"선생님 덕분에 제가 이런 예쁜 꽃도 그리게 되고……. 뒤늦게 호강하네요. 제가 이런 호사를 누려도 되는 건지……. 너무 감사해요, 선생님.

"아이고, 내 덕이라니……. 난 그저 기관에서 강의 요청이 들어와 일상 중 한 스케줄을 소화한 것뿐인데, 수업이 끝나고도 직접 감사 인사를 건넬 만큼 감동, 감격하실 일인지……. 민망해서 어쩔 줄 모르는 내게 거듭 감사 인사를 전하고 나서야 귀가하셨다.

이후로도 그분은 결석 한 번 없이 성실과 집중으로 멋진 꽃 그림을 완성하셨고, 좋아하고 즐기는 마음은 작품에서도 느껴져, 나와 다른 회원님들의 관심과 칭찬으로 실력도 일취월장하셨다.

Zygopetalum Redvale 'Pretty Ann'

가끔 눈도 흐릿하고 손가락 관절 통증에 숙제를 많이 하지 못해 속상해하는 분들도 계셨는데 그분은 그 또한 영광스러운 훈장으로 여길 뿐, 통증도 대수롭지 않게 넘기며 열심히 몰두하셨다.

자녀들과 남편, 부모님을 챙기며 여유 없이 바쁘게 흘러간 지난 세월도 물론 의미 있고 소중한 시간이었지만, 내가 좋아하는 일에 집중하며 나를 위해 시간을 보내는 요즘을, 호강스럽고 사치를 부리는 때인 것 같다며 수줍어하셨던 그 얼굴. 그림 그리는 그 시간을 '호강'이라고 표현했던 그 말 속에 어르신의 지난 청춘들이 어땠을지, 가슴 한 켠이 살짝 아려왔다.

그분은 얼마 전 완성한 난초과 식물 중 하나인 '지고페탈룸(Zygopetalum Redvale 'Pretty Ann')'과 참 닮았다. 꽃 색깔이 브라운과 퍼플톤의 오묘한 컬러로 호피 무늬가 독특하지만, 기품과 우아함이 느껴져 매혹적이다.

이 난초는 대부분의 양란과 다른 생활사를 가지고 있는데, 대부분의 양란이 봄에 새싹을 틔우고 가을이 되면 포기가 충실해지고 꽃자루가 나와 겨울에서 이른 봄에 개화한다면, 지고페탈룸은 가을에 새싹이 나오며, 새싹의 잎겨드랑이에서 꽃자루가 자라나 초겨울에 개화한다고 한다.

봄이 아닌 초겨울에 개화하는 지고페탈룸.

세상이 정한 무언가를 시작해야 하는 적당한 '때'라는 게 있을까?
겨울에 피는 꽃이 봄에 피는 꽃보다 못나지 않고 부러워하지 않는
것처럼, 나의 꽃 피는 시기는 빠르거나 늦은 것으로 분류할 수 없다.
내가 꽃을 피우는 그날이 나를 피우기에 가장 적당한 시간인 거다.

남들보다 늦은 나이에 시작한 것을 한탄하고 우울해하다 급기야
마음처럼 되지 않는다고 그림을 포기하시는 분들도 가끔 만난다.
하지만 그분은 좋아하는 것을 발견한 순진한 아이처럼 초롱초롱
반짝이는 눈으로 꽃 그림에 열중한다. 세상을 다 가진 듯한 표정으로 지금이라
도 그림을 그릴 수 있어 너무 행복하다고 하신다.

지금은 복지관 출강을 하지 않지만, 어르신과는 가끔 문자로 서로의 근황을 알
리며 인연을 이어오고 있다. 최근 그림의 과정 컷이나 완성작, 우연히 만났던 예
쁜 꽃 사진을 보내 주시며 여전히 꽃과 함께 행복한 일상을 보내고 계신다고 한
다. 그런 어르신을 위해 자녀들도 개인전을 열어드린다며 아낌없는 응원과 지원
을 보내 주신다고 하니 흐뭇하고 감동적이다.

나는 나만의 시간 속에서.
당신은 당신만의 시간 속에서.
꽃처럼 활짝 피어나기를.

≫ 박미현

꿈의 향기를 담아

카틀레야 맥시마 (Cattleya maxima)

딸이 대학교에 진학한 후, 비로소 시간적인 여유가 생겨 평소 배우고 싶었던 플로리스트 수업을 듣게 되었다. 드디어 나 자신에게 집중할 시간이 생긴 것이다. 삶에 꽃을 더하면 일상이 더욱 행복해진다는 말처럼, 매일 꽃과 함께하는 시간이 내 삶에 새로운 활력을 불어넣었다. 그러던 중, 식물을 그림으로 표현하는 보태니컬아트 수업을 접하게 되었고, 나는 식물의 또 다른 매력에 빠져들었다.

플로리스트 수업을 들을 때는 화려하고 멋진 꽃들이 나를 매료 시켰다면 보태니컬아트를 시작한 후로는 흔하게 핀 들꽃조차 예사롭지 않게 보이기 시작했다. 작은 꽃을 피우기 위해 오랜 시간 땅속에서 견뎌 온 그 인내가, 꽃집의 어떤 꽃보다도 더욱 고귀하고 아름답게 느껴졌다. 이것이 내가 보태니컬아트를 본격적으로 시작하게 된 계기였다.

난초 역시 그림 작업을 하며 점점 더 그 매력을 깊이 느끼게 된 식물 중 하나이다. 난초는 흔히 사람의 기품을 가장 많이 닮은 식물이라고 하는데, 그중에서도

카틀레야 맥시마(Cattleya maxima)는 단연코 우아하고 기품

있는 자태를 뽐낸다. 나비처럼 훨훨 날아가는 듯한

그 우아한 모습과 은은하고 달콤한 향은 고급스러운

분위기를 자아낸다. 립에는 진보라색 핏줄 무늬가

선명하고, 흰 테두리에 자잘한 프릴은 감탄을 자아낸다.

카틀레야 맥시마는 그 어떤 인위적인 화려함 없이도, 자신의 존재만으로 빛을 발

한다. 꾸미지 않은 진정한 아름다움이란, 외적인 화려함이 아닌 내면의 깊이에서

나오는 것임을 깨달으며 나도 내 삶 속에서 자연스러운 멋을 찾아가고 싶다.

≫ 박희자

한 점의 씨앗, 아름답게 피어나다

린카틀리아 신잉 탱고 (*Rhyncatclia* Hsinying Tango)

난초 씨앗은 눈으로 보기 힘들 만큼 작다.
그런데 먼지보다 더 작은 이 씨앗이 세상 하나밖에 없는 아름다운 꽃을 피운다.

꽃망울은 커다란 잎사귀 앞에서 올망졸망 사이좋게 모여 장난이라도 치는 듯,
서로 떠밀며 먼저 나가 인사하라고 부끄럽게 웃는 아이들 모습처럼 보인다.
앙증맞은 첫인상은 아직도 잊을 수가 없다.

설레는 마음으로 팔에 살포시 안고 집으로 데리고 와서
뜨거운 햇살에 놀라지 않고 따스한 햇살만 받을 수 있도록,
바람이 솔솔 들어오는 아늑한 곳으로 자리를 마련해 주었다.

그래서인지 사이좋게 모여 기다리고 있다가 순서라도 정해진 듯,
첫 봉오리가 빨개진 볼을 숨기며 가장 먼저 수줍게 꽃을 피우기 시작했다.

기다리고 있던 다른 꽃봉오리들도 그제야 환하게 웃는 얼굴로
순서대로 꽃망울을 터뜨리기 시작했다.

이렇게 아름답다니. 순간 감격해서 울컥했다.
감동의 눈물이 뚝뚝…….

아래서부터 위로 일주일이 걸려 피기
시작해 점점 빠른 간격으로
꽃을 피우더니 어느새 약속이라도 한 듯
은은한 노란색으로 환하게 방긋 웃으며
활짝 피어났다.
서로 맘껏 자랑이라도 하듯 예쁘게 피었다.

여러 꽃송이가 함께 만개하기를
기다렸던 걸까.
잎사귀는 손을 내밀며 리듬에 맞춰
탱고 춤을 추듯 흔들리고 꽃송이가
활짝 핀 이 아름다운 순간을 신나는
축제처럼 즐기는 것 같았다.

보이지도 않던 작디작은 씨앗 속에서 이렇게

아름다운 꽃이 피어나다니!

세상을 향해 솟아 나오기 위해 그 속에 커다란 세상을 품고 있었다.
한 점의 작은 씨앗에서 꽃을 피우기 위해 들인 집요한 전략과 도전이
얼마나 힘들었을까? 힘차게 견뎌내 줘서 고마워,
아름답게 피어나 줘서 감사해.

서툴고 불안했던 내게 찾아와 용기와 희망을
안겨 주려 했구나!

모든 게 예뻤던,
'린카틀리아 신잉 탱고(*Rhyncatclia Hsinying Tango*)'

너와 함께한 시간 잊지 않을게.

내 마음속 지지 않는 꽃을 피워낸
너를 사랑해.

≫ 이훈이

어디서든 공기뿌리를 내릴 수 있다면

오이오니엘라 아프로디테 (Oeoniella aphrodite)

난 농원의 홈페이지 화면에서 오이오니엘라 아프로디테 *(Oeoniella Aphrodite)*꽃을 처음 보고 엄청난 정보를 손에 쥔 것처럼 기뻤어요. 학명이 아주 길었던 교배종을 접한 후로 이름이 단순한 원종을 그려 보고자 오랜 기간 찾아 헤맨 결과였거든요.

하나의 줄기 마디마디에서 뻗어 나오는 공기뿌리는 역동적이었고, 좌우로 뻗은 잎은 강직하며, 세 장의 꽃받침과 두 장의 꽃잎 사이에는 유니콘처럼 뾰족한 뿔이 달린 나선형의 입술을 갖고 있었어요. 생소한 꽃인데 우아하고 신비로웠어요. 활짝 핀 꽃이 드레스를 차려입은 연주자처럼 우아해서 구매한 개체가 꽃망울을 맺기를 고대하며 배송될 날짜를 손꼽아 기다렸습니다.

한껏 기대감에 부풀었다가 막상 쌀알만큼 작은 꽃망울이 맺힌 화분을 받아보고는 '꽃이 왜 이렇게 작아?' 라는 생각이 절로 들더라고요. 화분 크기에 대한 정보를 인지하고 있었지만, 확대된 꽃 사진으로 왜곡된 기대감을 품은 탓이었어요.

마감 날짜가 이미 정해진 상황이라 언제 꽃이 필지 기약할 수 없는 화분을 11월에 주문해 놓고 3월 중순까지 개화를 기다리며 노심초사했었는데요. 실물을 보고 기대에 못 미친다고 낙담했었지만, 꽃이 피어나면서 향이 나니 반가웠어요. 공간을 가득 메우는 그윽한 향도 아니고 희미한 향이었는데도요. 마음 바쁜 사람은 알아채지도 못할 만큼 은은한 향을 조금이라도 더 느끼려고 화분 주변에서 코를 찡긋거리는데 당혹감과 불안감의 근원이 뭐였는지 알겠더라고요.

마감 날짜를 못 맞추지는 않을까 하는 두려움도 있었지만, 작은 게 뭐 어떻다고 실망했을까 생각해 보니 내 그림이 보잘것없어질까 봐 든 감정이었어요. 난초는 잘못이 없는데 말이에요.

오이오니엘라 아프로디테는 줄기의 마디마디에 간격을 두고 비교적 일정하게 공기뿌리가 뻗어 나와요. 흙도 물도 아닌 공기 중에 내리는 공기뿌리를 보며 열정적으로 살아가는 사람들을 떠올렸는데요. 순간, 많은 사람들이 하나쯤은 갖고 있는 SNS가, 식물이 허공에 공기뿌리를 내리는 것과 닮았다는 생각을 했어요.

SNS를 만들고 가꾸다 보면 추억들이 차곡차곡 정리가 되고요. 뜻밖의 인생도 맛볼 수 있잖아요. 그러다 보면 또 다른 뿌리도 내릴 수 있을 거예요. 폐해도 있지만 잘 활용한다면 충분히 가치 있으니까요.

대기에서 수분을 섭취하는 기능을 가진 공기뿌리는 건강할 때 은빛이나 녹색을 띠는데 갈색이 많이 보이면 죽음이 가까워지는 신호래요. 나의 SNS 활동이 갈변되고 있진 않은지, 적절히 보살피며 수분을 공급해야겠어요.

내가 있는 곳이 내가 있어야 할 곳이 아니라고 생각할 수 있잖아요. 살고 싶었던 방법이 아니고 살아야 할 방식도 아닌 것 같다고요. 오이오니엘라 아프로디테의 지하 뿌리보다도 더 멋지게 춤추고 있는 공기뿌리처럼, 어디서든 공기뿌리를 내릴 수 있다면 그곳이 어디든 의지할 수 있고 진짜 뿌리를 내리는 데 도움을 줄 거예요.

마치 오이오니엘라 아프로디테가 이렇게 말해 주는 것 같아요.

"완전한 지반이 아니어도 괜찮아. 네가 디딜 곳이 네 뿌리가 닿을 곳이야."

≫ 김미선

용을 써요

벌버필룸 그란디플로럼 (Bulbophyllum grandiflorum)

　　　　파란 하늘과 잔잔히 흐르는 강물을 바라보며 미사리 강변을 걸어 봅니다. 밝고 맑은 날씨에 시원하게 부는 강바람은 마음속 다양한 생각을 정리해 줍니다. 일상에서 쉽게 볼 수 있는 꽃과 나무 그리고 산책로와 연결된 작은 공원들, 벚꽃길 등 이제는 도시 속 숲이 된 나무고아원*을 찾는 사람들을 보면 모두 행복해 보입니다. 보이지 않는 누군가의 따뜻한 손길 덕분에 많은 사람들이 즐거워합니다.

꽃, 나무 등 식물을 만나면 이 모습 저 모습을 사진에 담아봅니다. 유심히 보고 있으면 그들의 신기하고 오묘한 세상이 보여 감탄이 절로 납니다. 식물을 관찰하고, 그들의 생태를 그림으로 표현해 보면서, 이전에 느끼지 못했던 자연의 신비로움과 아름다움을 발견하게 되니 마음에 기쁨이 넘치게 됩니다.

식물을 그리는 일은 큰 즐거움입니다. 단순히 종이 위에 그림을 그리는 것 이상의 의미를 지닙니다. 기도할 때, 산책 중 잠깐 멍때릴 때 마음의 숨구멍이 열리는 것처럼 제 마음을 숨 쉬게 합니다.

계절이 바뀔 때마다 변화하는 식물들의 생명력과 다양성은 우리 삶과 닮았습니다. 그 생명력과 다양성을 도화지에 담아내며 사람들의 마음도 따뜻해지길 바랍니다.

난초는 다양한 종류와 독특한 아름다움을 지니고 있습니다. 용의 머리를 연상시키는 큰 꽃과 넓고 큰 잎을 가진 '벌버필룸 그란디플로럼(Bulbophyllum grandiflorum)'을 그리는 과정에 빠져들어 시간 가는 줄 모르고 열중하다 보면 어느새 마음에 평온함이 들어찹니다. 작품이 완성되어 가는 과정을 보면서 얻게 되는 성취감은 정말 달콤합니다.

무엇이든 처음 시작은 어렵고 두렵습니다. 하지만 하다 보면 습관이 된다는 말이 있습니다. 손에 잡히지 않는 강물 같은 세월 속에서 무언가를 잡으려고 애를 썼습니다. 배움에 대한 갈망으로 많은 것을 시도했지만 어색하고 어려웠습니다.

그러나 이제는 그것들이 나의 편안한 일상이 되었습니다.

이제 저에게 처음 시작하는 일은 행복과 소망으로 변화해 가고 있습니다. 오랜 시간 꾸준히 할 수 있는 끈기와 사랑으로 식물들을 바라봅니다. 행복을 주는 소중한 존재들이 가까이 있음에 감사하며, 하루하루 주어진 삶에 성실해지려고 노력합니다.

해 볼 만한 가치 있는 일에 한번 용을 써 보는 것은 어떨까요?

* 나무고아원: 1999년 9월 하남시에서 개최한 국제 환경박람회를 계기로 도시개발사업 등으로 버려질 나무들을 옮겨 심고 가꾸어 가로수나 공원 등으로 새롭게 조성한 도시 숲(공원)으로, 인근 한강과 어우러진 수도권의 새로운 명소

황금빛 꽃잎의 향연

에어리데스 호울레티아나 오도라타 (Aerides houlletiana × odorata)

　　　　　　6월의 끝자락, 이젠 장맛비가 스콜처럼 온다.
한차례 쫙 쏟아붓는 걸 몇 번 반복하더니 장마도 점차
수그러들어 간다.

도심에 살다 아픈 남편 때문에 마당이 있는 집으로
이사하며 우리에게 10평 남짓한 텃밭과 꽃밭이 생겼다.
텃밭에 이른 봄마다 각종 채소 모종을 사서 심으며 농부의 흉내를 낸 지 벌써 몇
년이 흘렀다.

비가 오면 비가 오는 대로, 가뭄이 들면 드는 대로 마음에 염려가 끝이 없었다.
생각 없이 사서 먹던 채소들이 얼마나 많은 노고와 수고로움으로 키워지는지 깨
달을 수 있었다. 직접 경험해 보아야 얼마나 고마운 사람들이 많고 혼자 힘으로
는 세상을 살 수 없다는 것을 더 깨닫게 되는 것 같다.

꽃밭에는 이른 봄에 꽃을 틔우고 열매는 장아찌가 되는 소중한 매실나무, 청초

한 물망초와 이제 막 무성해지고 있는 수국, 조금 더 기다리면 장관을 이루게 될 터질 듯한 봉우리를 끌어안은 백합, 향이 매력인 라일락 나무, 작약, 가을마다 날아와 계절의 변화를 알리는 수줍게 핀 들국화. 거기에 야생화들까지……. 이젠 너무 빼곡해서 욕심을 더 부릴 수가 없을 정도다.

눈앞에 이런 꽃밭을 두다 보니, 세밀화로는 오히려 매력적이면서도 특이한 난을 표현해 보고 싶어졌다. 그래서 선택하게 된 게 흔하지 않은 황금색 꽃을 피우는 '에어리데스 호울레티아나 오도라타(Aerides houlletiana × odorata)'였다. 황금색의 독특한 꽃이 다발로 주렁주렁 핀 모습은 축제의 향연을 보는 듯 황홀하다. 내가 그린 세밀화에도 에어리데스 호울레티아나 오도라타의 찬란함이 담기길 소망한다.

춤추는 꽃의 우아함

밀토니디움 바틀리 슈바르츠 (Miltonidium Bartley Schwartz 'Highland' AM/AOS)

오늘 아침, 평소보다 일찍 일어나 창밖을 보니 세상은 여전히 고요하고 평온했습니다. 커피 한 잔을 손에 들고 창가에 앉아 있는 붉은 난초, 밀토니디움 바틀리 슈바르츠(*Miltonidium* Bartley Schwartz 'Highland' AM/AOS)를 바라보았습니다. 이 작은 식물이 내 일상의 중심이 되어 버렸단 생각이 들었습니다.

처음에 '난 프로젝트'에 참여하게 되었을 땐 기대와 걱정이 교차하였습니다. 화려한 꽃과 섬세한 잎사귀를 완벽하게 표현하고 싶은 욕심도 컸지만 동시에 그 섬세함을 재현하는 것이 얼마나 어려운지 알고 있기에 걱정도 되었습니다.

새하얀 종이에 첫 선을 긋는 순간, 마치 꽃이 저에게 자신의 이야기를 들려 주는 듯한 기분이 들었습니다. 이 교배종의 꽃은 일반적으로 진한 붉은 색부터 자주색 버건디에 이르기까지 다양한 톤을 가지며, 꽃잎과 입술 부분의 색상이 풍부하고 강렬합니다. 꽃의 크기는 중간 정도로, 보통 5cm~7cm 정도입니다. 꽃대는 길고 직립이며, 여러 송이의 꽃이 한 줄기에 달립니다. 꽃의 우아한 곡선과 정교한 디테일을 보면 자연의 신비로움과 아름다움을 다시금 깨닫게 됩니다.

다양한 식물의 모습을 표현하다 보면 몰랐던 것들도 새로이 알게 되며 계절마다 변화하는 모습과 색감들을 맞이하게 됩니다.

무대 위에서 한 걸음 한 걸음 춤을 추며, 점차 완벽한 안무를 완성해 나가듯 하나하나의 꽃잎과 잎새마다 담긴 세밀한 터치와 섬세한 색감으로 자연을 옮겨 놓은 듯한 생생함을 표현하려 노력하였습니다.

작업이 중반에 접어들면서 비록 실수와 수정이 계속되었지만, 그 과정에서 얻은 배움이 있었고 여러 번의 반복적인 실수는 다음번에 더 나은 선택을 하도록 이끌어 주었으며, 여러 형태와 형식이 정비되어 확립되어 갔습니다.

마치 산을 오를 때의 고통과 그 정상에 도달했을 때의 기쁨을 동시에 느끼는 것 같았습니다.

꽃의 형태가 점점 더 뚜렷해지고, 잎은 길고 가늘며 어두운 녹색을 담고 있습니다. 색채가 조화를 이루며 변화하는 과정을 지켜 보는 것은 말로 표현할 수 없는 기쁨이었으며, 점점 더 완벽에 가까워지는 느낌이 들었습니다.

마치 긴 시간 연습한 춤을 무대 위에서 완벽하게 소화해 내는 순간과도 같았습니다.

단순한 일러스트레이션을 넘어 제 여정을 기록한 작품이라는 생각이 듭니다. 완

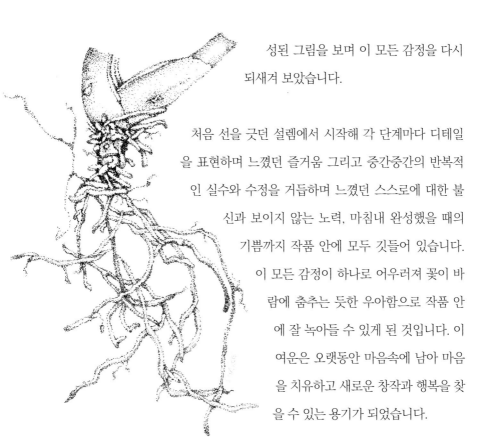

성된 그림을 보며 이 모든 감정을 다시
되새겨 보았습니다.

처음 선을 긋던 설렘에서 시작해 각 단계마다 디테일
을 표현하며 느꼈던 즐거움 그리고 중간중간의 반복적
인 실수와 수정을 거듭하며 느꼈던 스스로에 대한 불
신과 보이지 않는 노력, 마침내 완성했을 때의
기쁨까지 작품 안에 모두 깃들어 있습니다.
이 모든 감정이 하나로 어우러져 꽃이 바
람에 춤추는 듯한 우아함으로 작품 안
에 잘 녹아들 수 있게 된 것입니다. 이
여운은 오랫동안 마음속에 남아 마음
을 치유하고 새로운 창작과 행복을 찾
을 수 있는 용기가 되었습니다.

npany

동행

방울뱀 난초의 반전

셀로자인 치넨시스 (Coelogyne chinensis (Lindl.) Rchb.f.)

색연필을 들고 셀로자인 치넨시스(*Coelogyne chinensis* (Lindl.) Rchb.f.)를 그리기 시작했을 때, 나는 단순히 아름다운 난초 한 종을 묘사하는 것에 불과하다고 생각했다. 하지만 시간이 흐르면서, 이 작은 식물이 내게 들려 주는 깊은 이야기에 귀 기울이게 되었다.

셀로자인 치넨시스의 또다른 이름인 폴리도타 치넨시스(*Pholidota chinensis*)의 폴리도타(Pholidota)라는 표현은 '비늘로 덮인'이라는 의미를 품고 있다. 그리스어에서 유래한 이 이름은 마치 고대의 신비를 간직한 듯하다. 꽃잎을 감싸고 있는 비늘 같은 포*를 자세히 관찰하면서, 자연의 섬세한 보호 본능에 경외심을 느꼈다. 연약한 꽃잎을 지키기 위해 진화한 이 작은 갑옷은, 우리 모두가 지닌 내면의 강인함과 회복력을 상기시켜 주는 듯했다.

무성한 이파리들을 마무리 짓고 꽃을 그리기 시작했을 때, 나는 이 부분이 난초의 진정한 매력이라 생각하며 더욱 집중하게 되었다. 뾰족하게 깎은 색연필로 꽃차례**를 그리면서, 두 줄로 나란히 피어 있는 꽃들의 모습이 방울뱀의 꼬리

와 닮았다는 것을 깨달았다. 'Rattlesnake Orchid'라는 별명이 이렇게 생겨났
구나……. 위협적일 수 있는 뱀의 이미지를 우아한
난초와 연결 짓는 이 이름에서, 나는 자연의 아이러니와
유머를 발견했다.

그러나 내 상상력은 여기서 멈추지 않았다. 하나둘
피어나는 꽃들이 마치 나란히 줄지어 선 팝콘 같다는 생각도 들었다. 꽃 하나하
나를 그릴 때마다 고소한 팝콘 향이 코끝을 간지럽히는 듯했고, 입안에서 바삭거
리는 식감이 느껴지는 것 같았다. 이러한 연상 작용은 자연과 일상의 소소한 즐
거움을 연결 짓는 예술의 힘을 다시 한번 일깨워 주었다.

시간이 흐를수록, 단순한 관찰은 깊은 애정과 존경으로 변해갔다. 꽃잎 하나하
나의 우아한 곡선, 잎사귀의 섬세한 결, 줄기의 은은한 색조. 이 모든 것이 점차
내게 특별한 의미가 되었다. 그림을 그리는 긴 시간 동안, 폴리도타 치넨시스는
단순한 식물이 아닌, 인내와 아름다움의 상징으로 자리 잡았다.

이 작은 난초는 나에게 느림의 미학을 가르쳐 주었다. 서두르지 않고 천천히 성
장하는 모습, 조용히 그러나 확실하게 자신의 존재를 드러내는 방식. 빠르게 변
하는 세상 속에서, 때로는 천천히 자신을 들여다보고 내면의 아름다움을 키워
나가는 것. 우리의 삶도 이러해야 하지 않을까?
폴리도타 치넨시스를 그리며 보낸 시간은 단순한 예술 활동을 넘어선 깊은 명상

의 시간이었다. 이 작은 난초가 내게 가르쳐준 것들 보호의 중요성, 외면과 내면의 조화, 느림의 가치, 그리고 예상치 못한 아름다움의 발견, 이 모든 것들이 내 삶에 새로운 의미와 깊이를 더해 주었다.

이제 완성된 그림을 바라보며, 나는 미소 짓는다. 이 그림 속에는 단순한 난초의 모습이 아닌, 내가 배운 인생의 작은 진리들이 담겨 있다.

* 포 또는 포엽(Bract): 하나의 꽃 또는 꽃차례를 안고 있는 소형의 잎
** 꽃차례: 꽃이 줄기나 가지에 배열되는 모양 또는 자리 관계

너도 야행성?

코일로스타일리스 파킨소니아나 (Coilostylis parkinsoniana)

야행성 활동을 즐기는 창의적인 사람이라면 한밤중의 공기를 근사하게 채워 줄 난초가 있다. 바로 코일로스타일리스 파킨소니아나(Coilostylis parkinsoniana)이다. 종달새족과 올빼미족에 대해 들어본 적이 있을 것이다. 마치 식물이 상쾌한 아침 햇살을 받아 꽃잎을 열 듯이, 아침 일찍 일어나 활동하기 좋아하는 사람들을 일컬어 종달새족 또는 아침형 인간이라고 한다. 반대로 야간에 활동하는 것을 선호하는 사람들은 올빼미족 또는 저녁형 인간으로 부른다.

생각해 보면, 학교나 회사 등의 사회적 시스템의 영향인지는 몰라도 이른 아침부터 활발히 하루를 시작하는 사람들을 주변에서 많이 볼 수 있다. 반면 나와 같은 저녁형 인간은, 아침에 눈을 뜨고 정신을 차리는 일에 상당한 시간을 소요해야 한다. 오후가 되어야 비로소 정신이 맑아지는 듯하고, 밤이 되어야 집중력이 높아져 일을 처리하는 것이 편하다.

이러한 아침형 인간과 저녁형 인간이 나뉘게 된 진화론적 배경을 살펴보면 원시시대까지 거슬러 올라간다. 당시 사람들은 맹수의 위협을 피하기 위해 밤에도

경계를 늦추지 않았고, 이를 위해 누군가가 불침번
을 서야 했다. 여기서 시작된 서로 다른 수면 패턴이
오늘날까지 우리의 몸에 배어 있다니 참으로 놀라
운 일이다. 하지만 이렇게 각자의 리듬에 따라
하루를 살아가는 방식은 비단 우리에게만 국한된
것이 아니다. 식물들 또한 주행성, 야행성을 띠며 자연과 조화를 이루고 있다.

식물은 주야의 길이, 온도, 습도 등의 다양한 환경 변수에 반응하여 활동한다.
예를 들어, 요즘 같은 한여름에 볼 수 있는 나팔꽃이나 무궁화 같은 식물들은 아
침에 꽃을 피워 곤충들을 유혹해 수분 활동을 하고, 오후가 되면 꽃을 닫는다.
마치 아침형 인간처럼 하루를 일찍 시작하는 식물들이다.

대부분의 식물은 햇빛이 없는 밤에 광합성을 하지 못하기 때문에, 에너지를 비
축하기 위해 수면 운동을 한다. 하지만 반대의 주기를 가지고 밤이 되면 오히려
더 강한 생명력을 발산하는 식물들도 있다. 이름에서도 야행성임을 짐작할 수
있는 달맞이꽃을 비롯해 박꽃, 하늘타리 등은 밤에 꽃을 피우는 생존 전략을 택
했다.

코일로스타일리스 파킨소니아나 또한 밤이 되면 꽃에서 더욱 강한 향기를 내뿜
는다. 튼튼하게 늘어진 줄기와 우아한 꽃을 가진 이 난초는 자연에서 주로 나방
에 의해 수분이 이루어지는 야행성 식물이다.

집에서 키우면, 밤이 깊어짐에 따라 꽃에서 발산하는 달콤한 시트러스 향을 즐길 수 있다. 폭포처럼 흘러내리는 형상의 줄기는 밤의 서늘한 공기와 어우러지며, 마치 밤의 비밀을 간직한 듯한 신비로운 매력을 발산한다.

이 난초를 처음 보았을 때, 쭉쭉 뻗은 튼튼한 줄기 때문에 나는 우리나라에서 한 때 인기를 끌었던 스투키가 연상되었다. 하지만 다육 줄기만 비슷할 뿐, 서식지는 전혀 달랐다. 스투키가 아프리카의 밝고 건조한 사막 지역에서 자라는 것과 달리, 코일로스타일리스는 멕시코 남부와
중앙아메리카 고산지대의 서늘하고 축축한 안개 숲에서, 소나무나 참나무 혹은 바위 등에 착생한다.

이러한 코일로스타일리스 파킨소니아나의 특성을 이해
하면서 자연의 주기와 다양성을 상기할 수 있었다.
밤이 되면 더 활기를 찾는 저녁형 인간처럼, 이 난초
역시 달무리의 고요함 속에서 진가를 발휘한다.

밝은 빛 아래에서든 어둠 속에서든 자기에게
맞는 시간에 최고의 꽃을 피우기 위해 노력하는
사람과 자연의 모습은 참 아름답다.

나만의 꽃

프로스테케아 프라그란스 (Prosthechea fragrans (Sw.) W.E.Higgins)

내 삶이 마치 숙제처럼 느껴졌던 때가 있었다. 그때의 나는 숙제하듯 삶을 대했다. 숙제하듯이 마주한 '프로스테케아 프라그란스(*Prosthechea fragrans* (Sw.) W.E.Higgins)'. 내가 처음 마주한 난 역시, 내게는 그저 숙제 같았다.

밝은 녹색의 길고 좁은 잎을 가지고 있으며, 긴 꽃줄기에 여러 개의 작은 꽃이 달린 두꺼운 육질의 뿌리를 가지고 있는, 이 난을 사진으로 찍고 각 부분을 분해하고 뿌리를 관찰하며 그려 본다.

일주일에 한 번씩 물만 주던 작은 식물에서 꽤 오래도록 꽃이 피었다. 자꾸 돌아보게 된다. 살아있는 식물에 대한 책임감이 어느새 관심과 애정이 되어 돌보게 된다.

작지만 강한 난. 이 작은 몸으로 꽃을 피우고 뿌리를 키워 가며 자신의 존재를 드러내는 것 같았다.

작은 몸짓으로도 최선을 다해 삶을 사는 것처럼 보였다. 나 또한 첫 번째 인생의 숙제를 마친 것 같은 기분이 든다.

그동안의 경험을 바탕으로, 새로운 삶의 꽃을 준비하며, 계속해서 성장하고 싶다. 매일 배우고, 자라고, 내 존재를 드러내며 살아가야지. 삶의 과정에서 중요한 것은 끝없이 성장하고 변화하되 스스로를 인정하고 받아들이는 것이란 생각이 든다. 이 작은 식물처럼, 나 또한 끊임없이 변화하며 나만의 꽃을 피우고자 한다.

귀엽고 깜찍한 난초

카틀리안데 파이콘 볼 '유안' (Cattlianthe Faikon Ball 'Yuan' SM/TIOS)

고양이와 식물

반려동물과 반려식물

결혼 전, 형제들과 함께 4마리의 고양이 테리, 달자, 달숙, 달봉과 살았다. 그중 달자는 갓 수확해 온 무청을 맛본 후로 초록색 농산물을 모두 탐닉하기 시작한 귀여운 식성의 소유묘였다. 그래도 집에 있는 것 중에는 파나 양파 정도만 조심하면 되었다.

그러던 어느 날 언니가 플랜트 디자인을 배우기 시작하면서 집안에 다양한 식물을 들여 오게 되었다. 벗지고 커다란 돌과 화분에 다양한 조형물들과 함께 배치된 식물들은 마치 호텔 로비에 놓일 법한 웅장함을 자랑했다.

문제는 아무리 조심해도 달숙이가 식물들을 씹고 뱉는 것이 반복됐다는 것이다. 너무 놀라 동물병원에 문의해 보니 일부 식물이 고양이에게 독성을 가질 수 있다는 사실을 알게 되었다.

결국 언니는 식물을 유리병 안에서 키우는 방법을 연구하기에 이르렀다. 우리가 고양이와 함께 살기 시작할 때만 해도 고양이의 처우나 사회적 인식이 낮았다. 반려묘와 함께하는 집이 그렇게 많지 않았다. 시간이 흘러 고양이와 함께 사는 문화가 보편화되었고, 관련 정보도 더 많이 공유되기 시작했다. 고양이에게 해로운 식물들은 여전히 많았지만, 다행히도 공유된 다양한 정보 덕분에 주의할 수 있었다.

새로 만난 사이

세 마리 고양이가 하나둘 하늘나라로 떠났다. 우리 아들들에게 정말 할아버지처럼 사랑을 줬던 테리 할배마저 23년의 생을 접고 하늘나라로 떠났을 땐, 아이들과 정말 많이도 울었다. 너무 슬프고 애달파서 다시 고양이와 함께 살기는 힘들 것 같았다.

그러나 몇 년 후, 동물 보호소로 입소한 아기 고양이 달래가 정말 예기치 못하게 우리 가족이 되었다. 달래와의 삶이 시작된 지 얼마 지나지 않아, 나는 난초를 주제로 한 프로젝트에 참여하게 되었다. 이를 계기로 난초 농원을 방문하게 되었고, 그곳에서 덴드로비움

술카툼*(Dendrobium sulcatum)*이라는 난초를 처음 접했다. 포도송이처럼 달린 이 난초는 그 모습이 매우 인상적이었다. 덴드로비움 술카툼은 햇빛에 잎이 금방 상한다. 그래서 잎마저 예쁜 개체였지만 무턱대고 택할 수는 없었다. 그렇게 몇 개의 난을 더 골라 집으로 왔다.

새로운 식물을 집에 들이면 환경이 바뀌니 식물이 몸살을 겪는다. 그래서 일찍 꽃이 지거나 그해는 약하다가 다음 새로운 벌브가 나올 때는 환경 적응에 성공해 튼튼한 모습을 보여 준다. 역시나 새로 들인 난초들도 그랬는데 의외로 우리 집은 난초가 잘 자라는 환경이었는지 무사히 새 벌브들을 건강하게 보여줬고 그리기 위한 관찰을 계속할 수 있게 되었다.

그러나 식물에 전혀 관심이 없던 달래가 난초에 새잎이 나자, 관심을 보이기 시작하면서, 새로 들인 난초들이 피해를 보게 되었다. 특히 꽃을 기대했던 술카툼의 새 촉은 잎이 나자마자 피해를 보아 매우 안타까웠다.

결국 나는 더 이상 고양이에게 피해를 보지 않을 난초를 구해야 했고, 언니가 모았던 난 중에서 예쁘고 앙증맞은 난초인 카틀리안데 파이콘 볼 '유안'*(Cattlianthe Faikon Ball 'Yuan')*을 그리기로 했다. 이 난초는 오래된 고목에 부착되어 행잉으로 되어 있었다. 작은 크기와 아름다운 노란색 꽃으로, 결혼식 때 신랑의 부토니에르로 사용될 정도로 귀여운 모습이다. 이 난초는 높이 약 11cm, 지름은 약 5cm로 앙증맞다.

이 난초의 이름을 찾아보면 "*Slc.* Faikon Ball 'Yuan' SM/TIOS"이라는 이름을 볼 수 있는데 뒤에 적힌 'SM/TIOS'로 대만 국제 난초 박람회(Taiwan International Orchid Show)에서 은메달(Silver Medal)을 수상했음을 알 수 있다.

또한, 작은 공간에서도 잘 자라는데 예쁘기도 해서 식물을 기르는 것에 부담을 느끼는 사람들에게도 추천할 수 있다.

함께 살기에 조심해야 할 것.

　　　마지막으로, 대부분의 난초과 식물은 고양이에게 유해하다는 사실을 알게 되었다. 국립생태원의 난초 전문가분과 소통하며, 육식동물인 고양이는 초식동물보다 식물의 독성을 분해하지 못하는 경우가 많아 간독성이나 신독성이 있을 수 있다는 이야기를 해주셨다. 그분도 고양이 집사셔서 내가 보낸 메일을 보고 걱정이 되어 따로 연락을 주신 듯했다.

반려동물과 함께하는 삶에서는 어떤 식물을 선택할지에 대한 고민을 해 볼 필요가 있다. 조심하며 함께 건강하게 살아가는 방법을 찾아 가는 것이 중요하다.

≫ 김재연

향기로 기억되기를

카틀레야 도리스 앤 바이론 '크리스마스 로즈' (*Cattlianthe* Doris and Byron 'Christmas Rose')

아침에 일어나 문을 열고 거실로 나오면 제일 먼저 카틀레야 도리스 앤 바이론 '크리스마스 로즈'(*Cattlianthe* Doris and Byron 'Christmas Rose')'에게 안부를 묻는다. 첫 번째 아이를 허무하게 보내고 두 번째로 들인 아이여서 여간 신경이 쓰이는 게 아니다. 잘 자라기로 소문난 꽃이지만 야무지지 못한 나를 만나 그렇게 된 것 같아 마음이 좋지 않았다. 미안한 마음에 한동안 다시 들일 생각을 하지 못하고 있다가 자꾸만 생각이 나서 마음을 바꾸었다. 이번에는 오랫동안 함께 해야지. 다행히 이번 아이는 잘 지내고 있는 것 같다.

오늘 아침에도 푸른 잎 위로 둥글게 피어나 있는 화사한 핑크빛 꽃이 가장 먼저 내 마음을 훔쳤다. 그러고 보니 어젯밤만 해도 입을 꼭 다물고 있던 마지막 봉오리가 꽃잎을 활짝 펼쳤다. 새로 핀 꽃과 인사를 하려고 다가가면 이번엔 향기로 내게 말을 걸어온다.

그래, 너의 진짜 매력은 이거였지.

신선하고 포근하지만 꽤 강렬한 특유의 향기는 마치 밤새 아무도 모르게 만든 향을 머금고 있다가 아침이 되자 기다렸다는 듯이 터뜨린 것 같다. 나를 곁에 붙잡아두려는 게 분명하다. 처음 이 아이를 데리고 왔을 때는 꽃에서 향기가 나지 않아 내가 무엇을 잘못한 것일까 자책하며 며칠을 보냈었다.

하지만 내 마음을 알고 있다는 듯 며칠이 지나자, 향기를 사방에 퍼뜨려 내가 안심할 수 있게 해주었다. 마치 숨겨둔 매력을 마지막에 내뿜어 다른 꽃에 잠깐 한눈을 판 나를 다시 자신의 곁으로 돌아오게 하려는 것 같았다. 이런 유혹이라면 몇 번이고 넘어가도 좋다는 생각이 든다.

꽃이 모두 져 버린 지금은 이전처럼 아침마다 나의 시선을 사로잡지는 못한다. 하지만 쉽게 상처받지도 꺾이지도 않는 단단한 잎을 보며 꽃과는 또 다른 매력을 느낀다. 바로 든든함이다. 꽃이 진 후의 허전한 내 마음을 달래기라도 하듯이 든든하게 제 자리를 지켜 주고 있다. 그리고 나와 같은 마음으로 다음 꽃대를 기다려 주는 것 같다. 운이 좋으면 올해 너를 한 번 더 만날 수 있다는데, 향기로운 너를 한 번 더 만나기를 기도해 본다.

≫ 유현희

초록 식물이 아니어도 괜찮아

으름난초 *(Cyrtosia septentrionalis* (Rchb.f.) Garay)

곶자왈은 용암지대라는 척박한 환경에서 생겨난 제주도 고유의 숲이다. 농사를 지을 수 없어서 버려진 곳, 숯을 만들기 위한 벌채로 맹아림이 형성되고 나무뿌리와 덩굴식물이 뒤엉켜 있어 어지러워 보이는 곳. 그 우거진 숲의 나무들 사이로 들어오는 한 줄기 빛은 밀림을 연상하게 한다.

몇 해 전 여름, 그 빛이 떨어지는 곳에서 으름난초(Cyrtosia septentrionalis (Rchb.f.) Garay)를 만났다. 돌 위에 붙은 이끼류, 지의류, 양치식물을 비롯해 너도나도 여러 가지의 초록빛을 뽐내고 있는 그곳에서 황금색으로 빛나는 보물을 발견한 기분이었다. 보물이라고 칭해도 과하지 않은 것이 으름난초는 국내에서 자생지가 점점 사라지고 있는 멸종위기야생생물 2급으로 좀처럼 만나기 힘든 식물이다. 거기다 으름난초는 광합성을 하지 않는 부생식물이기 때문에 꽃부터 뿌리까지 녹색을 찾을 수 없는 특별함을 가지고 있다.
꽃이 필 무렵에는 황금색, 열매를 맺을 무렵엔 붉은색으로 온몸이 변하는 셈이다.

흙 한 줌 없던 용암지대 위에 생겨난 생명력 넘치는 숲이, 이단아인 으름난초를 포근하게 품어 주는 모습을 보면서 나와 내가 속한 사회와의 관계에 대해서도 생각해 보게 된다. 어린 시절부터 마냥 순종하는 아이는 아니었던 나에게 내가 속한 가족, 학교, 사회는 나를 어떻게 대했는지 혹은 나를 얼마나 곶자왈처럼 따뜻하게 품어 주었는지 말이다.

그리고 나 자신은 누군가가 나와 다르다고 해서 차별하지는 않았는지, 자연을 가까이하며 자연에서 배운다.

더 이타적인 삶을 살자고 다시 한번 다짐한다.

나의 우산

벌버필룸 팅어버러넘 (Bulbophyllum pecten-veneris (Gagnep.) Seident.)

"이슬비 내리는 이른 아침에 우산 셋이 나란히 걸어갑니다."

작곡가 이계석 님 동요 「우산」 첫 소절입니다. 동요는 생각만 해도 옛 기억이 떠오르며 마음이 편안해집니다. 특별한 순간이 기억나고 그때 함께한 사람들이 생각나 미소 짓게 됩니다. 우산을 함께 쓰고 걸어가며 서로에게 우산을 더 기울여주는 사람들의 모습에서 배려하며 함께 하는 시간의 소중함을 느끼게 됩니다.

'벌버필룸 팅어버러넘(*Bulbophyllum pecten-veneris* (Gagnep.) Seidenf.)'은 독특한 모양 때문에 재미있는 감정을 일으킵니다. 떨어질까 봐 촘촘히 박혀 있는 벌브와 은은한 당근 냄새를 풍기는 우산 모양의 신기한 꽃은 특이한 생김새로 웃음과 호기심을 자극합니다.

비 내리는 오전, 손녀 서율이를 돌보며 옷차림을 다듬습니다. 오늘도 밝은 마음으로 정성스러운 하루를 보내자고 다짐합니다. 나의 다짐이 손녀에게도 전해져 그저 건강하고 지혜롭게 자라기를 바랍니다. 식물을 그리며 보내는 시간이 나에

게 위안이 되고 기쁨을 주었듯, 손녀와 함께하는 시간은 큰 즐거움이자 행복이 됩니다. 이 소중한 존재들이 비 오는 길을 걸어갈 수 있게 하는 내 마음속 우산들입니다. 비가 내린 뒤 꽃과 나무, 식물을 자세히 보면 새로운 생명을 받은 것처럼 보입니다. 물방울이 잎사귀에 몽실몽실 맺혀 있는 모습은 햇빛에 반사되어 신비롭고 아름답습니다. 나무와 식물은 더욱 푸르고 생기가 넘치며. 꽃들은 화려하고 짙은 향기를 풍깁니다. 일상에서 흔히 볼 수 있는 풍경이지만 가끔은 이런 경험을 통해 평안한 하루를 주심에 감사한 마음입니다.

길을 걷다 서로 다른 얼굴을 가진 식물들을 보면 반갑고 기특해 가던 길을 멈추고, 친구들과 이야기를 나눕니다.

"와, 이쁘다."
"만나서 반가워. 오늘 기분은 어때?"
"나도 너처럼 키가 크고 싶은데. 부러워"
"나도 예쁘다고? 고마워."

≫ 김재연

꼬마 장군

팔레놉시스 만니 (Phalaenopsis mannii)

           꽤 긴 시간 동안 '팔레놉시스 만니*(Phalaenopsis mannii)*'를 곁에 두고 지켜봐 왔다. 이쯤 되면 지겨울 만도 한데, 신기하게 아직도 다 알지 못하는 느낌이 든다. 아기 손바닥보다도 작은 꽃 안에 무얼 그리 많이 품고 있는지 보고 또 봐도 궁금하고 재미있다.

처음 꽃대가 올라왔을 때, 꽃봉오리를 찾기 위해 눈을 부릅떠야 했다. 꽃봉오리가 아주 작고 귀여워서 이것이 봉오리가 맞는지 아닌지 유심히 보아야 겨우 보일 정도였기 때문이다. 그러다 쑥쑥 자라는 모습을 보니 마치 새끼 새들이 어미 새에게 먹이를 달라고 앞다투어 머리를 내미는 모습 같았다.

생생한 연둣빛의 작은 꽃봉오리는 그 안에 비밀을 가득 숨겨놓기라도 한 듯이 입을 꼭 다물고 있다가 곧 고개를 바짝 들다 못해 뒤로 젖혀질 정도로 활짝 피어난다. 그 자태가 매우 당당하고 자신감이 넘쳐 보여서 괜히 나도 허리를 한 번 펼쳐 본다. 젖혀진 꽃잎 위에는 대충 붓으로 그어 놓은 것 같기도 하고 정성 들

여 그려 놓은 것 같기도 한 흑갈색의 무늬가 무게감을 더해 준다. 그리고 그 가운데에는 마치 흰 솜털처럼 순수한 설판이 중심을 지키고 있다.

한 마디로 품위가 느껴지는 꽃이다. 어쩐지 작지만 절대 만만해지지가 않더라니. 지는 모습은 또 어떠한가. 초라한 내 모습을 다른 이에게 보이고 싶지 않다는 듯이 꽃잎을 동그랗게 오므려 자신을 감추어 버린다. 한창 기백을 펼치고 난 뒤 후임에게 조용히 자신의 자리를 내어 주는 장군처럼 기품 있게 마지막을 맞이하는 느낌이다.

화려하고 큰 꽃들 사이에서도 당당히 자태를 뽐내는 너야말로 우리 집에서 가장 작지만 가장 큰 꽃이다.

연대의식

덴드로비움 스코리아룸 (Dendrobium scoriarum W.W.Sm.)

덴드로비움 스코리아룸*(Dendrobium scoriarum.W.W.Sm.)*은 광서석곡으로도 불리는데요. 중국의 광서(廣西) 지역에 자라는 석곡이란 의미로, 나무에 붙어 착생하거나 암벽에 붙어 살아요. 중소형 덴드로비움 원종으로 30~70cm까지 자라며 봄에 1.5~3cm 남짓한 꽃을 보름 이상 피웁니다. 옆모습이 세모꼴인 꽃봉오리들이 하나둘 펼쳐지면 여기저기서 작고 귀여운 새가 부리를 쩍 벌리는 것처럼 시끄러운 명랑함이 가득해져요. 전문가들 말로는 키우기가 쉽다는데 아마도 모두에게 쉬운 것은 아닐 테지요.

생태원에서 만난 덴드로비움 스코리아룸은 착생식물을 심는 헤고판*에 자리를 잡고 있었는데요. 통풍과 배수가 용이해 착생에 좋은 환경을 제공해 준다는 헤고(Hego)에서 자라서인지 줄기가 아주 무성하게 최대치까지 자란 모습이었어요. 가녀린 듯 힘 있게 자리 잡은 줄기들이 균형감 있었고 그중 하나는 뭐든 같이 하자며 팔 한 짝을 건네는 모양새였죠.

팔짱 끼듯 친근한 만남 이후 그림이 선명해지는 과정은 미술교습소 창가의 구석

진 책상 위에서 이루어졌는데요. 한여름에 하루 종일 가동되는 각종 에어컨 실외기가 근접한 자리다 보니 그림 그리는 손만큼이나 귀도 분주했답니다. 들들 덜덜 윙윙 소리를 들으며 그려진 그림 속의 덴드로비움 줄기들엔 재잘재잘 나의 새들은 언제 피어나나 간절한 마음이 담겨있어요.

몇몇 분들의 수고로움으로 운 좋게도 관련 자료를 전달받을 수 있었어요. 7년 전에 커다란 타원형 헤고판에 어린 덴드로비움 스코리아룸을 식재한 모습과 개화 과정에 관한 몇 장의 사진이었죠. 시간적 한계로 식물의 일대기를 관찰할 수 없을 때 이런 자료는 정말 소중해요. 모두 그림에 표현되지 않는다 하더라도 그리는 사람의 마음에 자리하는 부분이 크거든요.

모르는 사람이 가꾼 화단에서도 기쁨을 느끼고 가던 길도 멈추잖아요. 더불어 누군가의 땀으로 키워 내고 피워낸 식물을 그려 내는 것은 연대의식이 싹트는 일이에요. 이해할 수 없는 일들이 일어나는 세상에서 묵묵히 식물을 보살피는 사람과의 연대, 내 곁에 있는 식물과의 연대, 내가 살고 있는 자연과의 연대를 아우르는 마음도 들고요. 아직 만나지 못한 감상자와의 연대감을 꿈꾸기도 합니다.

어떻게 채워나갈지 막연했던 삶의 들판에 덴드로비움 세밀화 한 점이 보태졌어요. 너의 들판, 나의 들판, 우리의 들판 나눌 것 없이 기록으로 남겨야 할 소중한 식물들이 가득 차기를 바라 봅니다.

* 헤고판: 열대지방에서 자라는 나무 고사리를 판재로 가공한 것

화려하지 않아도 충분히 아름다운

그라마토필룸 엘레강스 (*Grammatophyllum elegans* Rchb.f)

그라마토필룸이라는 속명은 긴 줄을 뜻하는 그리스어 '그라마(Gramma)'와 나란한 나뭇잎 잎맥 또는 화피(꽃덮이)를 뜻하는 '필론(Phyllon)'에서 왔다.

이 속명을 가진 식물들은 대부분 거대 열대성 식물로, 인도차이나 열대우림에서 인도네시아, 필리핀, 뉴기니, 남태평양 제도에 걸쳐, 습도가 높은 환경에서 자란다.

그라마토필룸 엘레강스(*Grammatophyllum elegans* Rchb.f) 는 키가 1.2~1.8m이고, 하나의 꽃대에 50여 개의 꽃이 서로 어긋나게 피는데(총상꽃차례), 별 모양을 한 5장의 화피를 가진 갈색의 꽃들이 마치 나비가 내려앉은 듯 장관을 이룬다. 화려한 색과 모양은 아니지만, 옐로우브라운과 올리브그린 조합의 꽃들이, 곧고 길게 뻗어나는 잎들과 함께 어우러져, 이름 그대로 엘레강스한 느낌을 준다.

이 식물의 꽃차례를 들여다보면, 각각의 꽃들이 자기만의 얼굴과 방향을 가지면서도, 전체가 하나의 꽃인 것처럼 피어난다. 개성과 질서가 공존하는 멋진 팀플레이를 보여 주는 것이다. 그라마토필룸 엘레강스의 모습을 관찰하며, 우리가 살아가는 현실과 지향하는 삶의 모습을 생각해 본다. 늘 주목받고 싶은 욕망과 끝없는 경쟁심이 만연한 이 시대를 살면서, 자신을 남들과 비교하지 않고, 온전히 평온한 삶을 살기란 결코 쉽지 않다.

나 역시 화려함과 거리가 먼 일상의 삶을 초라하게 생각하고, 평범의 위대함을 망각한 채 살던 시기가 있었다. 중년을 사는 지금에 와서야, 우리는 모두 자신만의 위대함이 있고, 그러기에 비교하지 않고 나 자신과 타인을 존중하고 인정하는 마음이 무엇보다 중요한 것임을 깨닫는다.

좋은 삶이란, 그라마토필룸 엘레강스에 피어난 꽃들처럼, 당당하게 자신만의 아름다움과 방향을 가지고, 서로를 배려하며 조화롭게 살아가는 것이리라.

오늘도 소시민의 하루를 묵묵히 살아가는 우리에게 말하고 싶다. 화려하지 않아도 충분하다고, 우리는 이미 아름답다고.

마음

≫ 김민영

괜찮아!

소베니코피아 로브스타 (Sobennikoffia robusta)

이 길로 가는 것이 맞나? 이쪽? 저쪽? 일단, 가보자.

초등학교 고학년 때쯤, 나의 취미는 매번 다니던 길에서 한 번도 가보지 않은 골목길을 시간이 날 때마다 도전해 보는 것이었다.

과연 어떤 길이 연결되어 있을까?

막다른 골목의 끝에 다다라 갔던 길을 되돌아와야 할 때도 있었고, 내가 알던 익숙한 길이 나오기도 했으며, 전혀 새로운 길이 나오다가 결국 내가 가려던 길과 연결되어 있던 적도 있었다.

소베니코피아 로브스타*(Sobennikoffia robusta)*를 처음 본 순간 어렸을 때 기억이 떠올랐다. 여러 갈래로 길게 뻗어져 나오는 잎들은 마치 큰길처럼 보였고, 잎의 뒤쪽에 있는 좁고 구부러진 뿌리들이 골목길처럼 길게 이어져 있는데, 잎과 뿌리를 지나는 꽃대 위에는 나비 같기도 하고, 원피스를 입은 아이 같기도 한 흰

꽃이 피어 있었다.

복잡한 모양이 일반적으로 떠올리는 난의 간결함과는 거리가 멀었지만, 넓은 세상이 궁금했던 어린아이가 마음만 먹으면 언제든 혼자 할 수 있었던 복잡한 골목길 여행, 가보지 않았던 길을 고민 없이 걸어보던 호기심 가득 용감했던 어린 시절과 닮아 있었다.

그런 아이가 지금은 실수를 두려워하고, 도전보다는 안정감을 추구하는 어른이 되었지만, 아이러니하게 나의 아이들에게는 이런 말들을 하고 있었다.

"좋아, 잘했어."

"실수해도 괜찮아! 처음부터 잘할 수는 없어."

"그냥 한번 해볼까?"

"연습하면 점점 나아질 거야!"

문득, 정작 나에게 필요한 말을 주문처럼 아이들에게 하는 것 같다는 생각이 들었다.

아이들은 태어나고 100일이 되면 뒤집기를 하기 위해 발가락이 시뻘겋게 되도록 연습을 하고, 걷기 위해 비틀거리며 넘어지지만 포기하지는 않았다. 아이들은 줄넘기를 배우기 시작할 때도 처음부터 단번에 100개를 할 수 없다는 것을 알고 있는 듯했다. 한 번도 넘지 못한 줄을 두 번만 넘어도 무척 기뻐했으니 말이다.

생각해 보니 어설프지만 도전해 보는 것이 길의 시작이고, 의미 있는 행동이었다. 처음부터 잘할 수는 없는 것인데, 노력의 결실을 통해 차츰 나아진다는 진리를 잊고 있었다. 실수하게 될까 봐 두려워하고, 고민만 하다 시작도 해 보지 않고 있었던 것 같다. 이런저런 복잡한 생각들을 던져 버리고 이왕 맘먹은 일이 있다면 그냥 한번 될 때까지 도전해 보는 게 어떨까?

'괜찮아! 조금씩 나아지고 있어' 주문을 외워 본다.

비움을 알려준 존재

파피오페딜룸 레이디 로스차일드 *(Paphiopedilum* Lady Rothschild*)*

앞만 보며 열심히 살아왔다. 목표를 세우고 이를 달성하는 데 집중하며 순간의 즐거움보다는 성취감을 추구하며 스스로를 끊임없이 다그쳤던 날들이었다. 그러던 어느 날, 병이 찾아왔다. 허망하고 헛헛했던 시간, 아무것도 할 수 없던 날들이었다.

그 무렵, 수년 만에 꽃을 피운 파피오페딜룸 레이디 로스차일드*(Paphiopedilum Lady Rothschild)*를 발견하고 홀린 듯이 다가가 사진을 찍었다.

큰 크기의 꽃을 가지고 있고, 꽃잎은 황갈색에 갈색의 줄무늬가 특징적인 이 꽃의 크기는 약 20~25cm 정도로 매우 크고 화려했으며 잎은 짙은 녹색을 띠고 단단한 광택감의 가죽 질감이 있었다.

다른 난들에 비해 크고 웅장한 모습이 인상적이었다. 수년간의 기다림 끝에 꽃을 피운 이 난처럼, 인생의 숙제를 마친 내 모습도 그러하기를 바란다.

삶을 돌아보며, 끝이 아니라 계속 이어지는 여정 속에서 최선을 다하는 것만으로도 삶은 충분한 의미가 있다고 말하고 싶다. 매일 살아있음을 증명하려 애쓰지 않아도 된다고. 최고가 아니더라도 현재의 모습 그대로도 충분하다고……. 완벽하지 않더라도 괜찮다고 스스로를 위로하며, 최고가 아닌 최선으로 덜어내려 노력한 난. 이 난은 완벽함을 추구했던 나에게 비움을 알려준 존재였다.

≫ 김윤정

따뜻한 노란색 꽃

덴드로비움 헹콕키 (*Dendrobium hancockii*)

 대나무 석곡이라고 불리는 덴드로비움 헹콕키(*Dendrobium hancokii*)는 난초에 관심이 많은 이들에게 대나무를 닮은 난으로 사랑받고 있다. 얇은 줄기가 부드러운 나뭇가지처럼 뻗고 줄기의 비교적 위쪽에 폭 5cm의 진한 노란색 꽃이 핀다. 노란색을 표현하는 우리말에는 샛노랗다, 누르스름하다, 싯누렇다, 뇌랗다, 뉘르끄레하다 등 여러 표현이 있지만, 이 꽃의 색을 명확하게 나타낼 수 있는 적절한 단어는 없는 것 같다.

이 꽃의 노란색은 진하고 따뜻한 생명력의 빛을 띤다. 봄날의 병아리 날갯죽지처럼 작지만 포근하고 귀여운 생명력을 발산하는 색이다. 꽃 안쪽에는 어두운 붉은 색의 줄무늬도 가지고 있다. 난 꽃잎은 등꽃받침과 곁꽃받침, 두 장의 곁꽃잎과 가운데 아래쪽에 난 잎술꽃잎으로 구성되어 있는데 헹콕키의 잎술꽃잎은 혓바닥처럼 돌기가 나 있고 다른 꽃잎보다 진한 노란색이다. 마치 진한 노란색에 주황색을 한 방울 떨어뜨린 것 같다.

사람마다 색을 보고 느끼는 기준은 다르겠지만 나는 색이 온도를 가지고 있다

고 생각한다. 노란색도 좀 더 연하고 창백한 노란색, 차가운 느낌의 노란색이 있는 반면에 따뜻하고 강한 느낌의 노란색도 있다. 노란색과 파란색을 즐겨 사용한 화가 반 고흐의 그림들을 보면 노란색을 다양하게 사용한 것을 볼 수 있다. 「해바라기」, 「아이리스」, 「화가의 방」, 「까마귀 나는 밀밭」 등 반 고흐의 작품에서 사용된 노란색은 모두 다른 느낌의 노란색이다. 「감자 먹는 사람들」이라는 어두운 그림에서도, 이 화가가 사용한 독특한 노란색이 느껴진다.

국립생태원에서 이 식물을 처음 보았을 때는 3월 말로 아직은 쌀쌀한 날씨였다. 가늘고 길게 자란 가지는 앙상한 느낌을 주었지만 가지 끝에 달린 노란 꽃 한 송이가 이 식물이 주는 이미지를 바꿔 주었다. 마른 줄기에 피어있는 꽃과 잎이 난초이면서도 나무 같은 느낌을 줘 식물의 강한 생명력을 느낄 수 있었다. 이 꽃이 주었던 강하고 따뜻한 느낌을 살려 줄 노란색을 칠해 주고자 고심했다.

내가 보고 그린 덴드로비움 헨콕키는 화분에 담겨 있었지만 자연 생태계에서는 돌이나 나무에 붙어서 자란다. 이 식물은 중국과 미얀마, 베트남에서 서식하는데 뿌리가 비교적 가늘고 육질이며 여러 갈래로 나뉘어져서 돌이나 나무를 잘 움켜쥔다. 화분에 담겨 있는 식물들을 보면서 원래 자라던 자연환경에서는 어떤 모습일지 궁금했던 적이 있다. 덴드로비움 헨콕키도 그런 궁금증의 대상이다. 자연 상태일 때의 뿌리와 줄기는 얼마나 자유롭고 힘차게 뻗어 나갈지 덴드로비움 헨콕키를 그림으로 옮기며 상상해 본다.

처음은 지금과 달라

팔레놉시스 루뎀마니아나 (Phalaenopsis lueddemanniana Rchb.f)

팔레놉시스 루뎀마니아나*(Phalaenopsis lueddemanniana Rchb.f)*는 필리핀의 해발 100m 이하의 고도에서 자생하는 호접란 원종이다. 흔히 볼 수 있는 교배종 호접란들은 대부분 꽃의 크기가 작지 않고 무늬도 점박이나 세로줄 무늬가 많지만, 호접란 원종인 루뎀마니아나는 모양이 독특하다.

꽃이 약 5~6cm 크기의 다육질 별 모양 형태이고, 무늬 또한 짙은 붉은색의 가로형 줄무늬를 가진다. 그래서 작지만 한눈에 알아볼 수 있다.

이 품종은 고아(Keikis)가 달리는 습성이 있는데, 고아란, 하와이 말의 자녀 또는 아기란 말이고, 식물학적인 맥락에서는 새로운 식물이라는 뜻으로 사용된다. 흔히 꽃대에 잠복한 신아(새로 돋은 싹)가 자라서 작은 식물 개체가 되는데, 팔레

놉시스 루뎀마니아나의 경우, 보라색의 길게 늘어진 모양이 눈길을 끈다.

봄부터 이른 여름까지 꽃을 피우는데, 한두 개, 많게는 다섯 개의 꽃이 달린다. 원종답게 향기가 오래 지속된다. 호접란 교배종이 워낙 광범위하고 다양한 변이가 진행되다 보니, 주변의 흔히 보는 호접란에서 원종 호접란 루뎀마니아나의 모습을 찾기란 어렵다. 화려한 교배종들 사이에서 오히려 소박해 보이기까지 한다.

비록 식물이기는 하나, 계속되는 변화 속에서 원래의 모습을 찾아보기 힘들다는 면에선, 우리의 살아가는 모습과 비슷하다. 살다 보면 우리는 누군가로부터 "너, 변한 것 같아."라는 말을 들을 때가 있다.

그럴 때면, 그것이 좋은 의미든 아니든, 잠시나마 과거의 내가 어땠는지 기억을 더듬어 보게 된다. 그리고 나면 어떤 쪽으로든, 이전과 달라져 버린 나를 발견한다.

흐르는 시간 속에서 변화야 필연적인 것이겠지만, 그럼에도 아름답고 좋은 것들은 언제까지나 처음처럼 남아 있으면 좋겠다. 그러기 위해서는, 가끔 바쁜 걸음을 멈추고, 변하고 싶지 않았던 나의 모습을 되짚어 보아야 할 것이다.

호접란 루뎀마니아나의 꽃잎을 바라보며, 내가 가지고 있던 원래의 내 무늬를 떠올려 본다.

love

사랑

섣부른 판단

덴드로비움 팬들룸 (Dendrobium pendulum)

너를 처음 만났을 때를 기억해.

수분이 다 빠져나간 듯 건조해 보이는 대공은 많은 고생으로 뼈만 앙상하게 남아 마디가 돌출된 노인의 손가락이 연상되었어. 뭔가 애잔한 마음이 들었던 것도 잠시, 과연 너를 예쁘게 그려줄 수 있을지 의문이 들고 자신이 없었지. 너를 선택한 것에 대해 약간의 후회도 밀려왔고. 설렘이 없었기에 무심하게 의무감으로 너에 대해 알아보기로 했어.

너는 어디서 왔고, 어느 계절을 좋아하는지.
너의 찬란했던 시절은 어떤 모습일지.

아…….

첫인상만으로 널 판단했던 나. 민망함에 얼굴이 붉게 달아올랐지.

너의 이름은 덴드로비움 팬들룸*(Dendrobium pendulum)*.

줄기의 모양이 독특해서 종절석곡(腫節石斛)이라고 부르기도 하는데 마치 주판알을 나열한 올록볼록한 모습, 마법사의 지팡이 같은 독특한 모양이 너의 가장 큰 특징이라고 해. 너의 키는 25~30cm 정도로 자라고, 봄에 피어난 연지 곤지 찍은 수줍은 새색시 같은 꽃들은 또 얼마나 예쁘고 앙증맞은지. 그것도 한 송이도 아닌 여러 송이의 꽃들이 어디론가 날아갈 것 같은 나비 같은 모습…….

특히 굴피에 하수형으로 개화한 너의 모습은 정말 형언할 수 없는 아름다움이라 감탄만 나왔어. 너의 찬란한 순간들은 한 달 가까이 지속되었지. 널 처음 봤을 때의 모습은 목질화가 진행되어 말라비틀어진, 생기라곤 전혀 없는 모습이어서 너의 매력을 알아볼 수가 없었어.

너를 알아 가는 동안 생각했지.
다른 사람들에게 나는 어떤 모습으로 보일까?

활기차고 상냥한 모습의 나를 봤을 때는 밝고 친절한 사람이라고 생각할 테고 굳은 표정의 무뚝뚝한 모습의 나를 보면 차갑고 불편한 사람이라고 단정 짓겠지?

내 안의 또 다른 나, 노랫말 가사처럼 내 속엔 내가 너무도 많은데…….

가끔 잘 알고 있던 사람에게서 다른 면모를 보거나 실망할 때면 "그 사람이 그럴 줄 몰랐다."라는 말을 하고는 해.

그런데 몰랐던 게 아니라 다른 모습을 보지 못한 것뿐. 누군가를 안다고 믿는 것은 그 사람의 일부분만을 보고 생각하고 판단했던 나의 감정을 믿은 건 아닐까.

슬프거나 기쁠 때, 연약해져 있거나 강인할 때 무슨
일이 일어날지 모르는 인생을 관통하며 나 또한
변화무쌍한 모습으로 살아가고 있어.

내 눈에 담겨준 덴드로비움 팬들룸.
짧은 찰나의 순간으로 너를 판단해서 미안해.

모든 계절의 너를 응원하고 사랑해 줄게. 그리고 나 또한 섣부른
판단으로 내 곁에 머무는 소중한 인연들을 놓치지 않을게.

근데 그거 알아?
나는 첫인상이 안 좋았던 사람과 나중에 보면 절친이 되어 있더라.

그러니까 우리도 이제 절친이 된 거야. 알았지?

키다리 난초의 비밀 편지

에피덴드룸 세우데피덴드룸 (Epidendrum pseudepidendrum)

코스타리카의 울창한 열대우림 속, 키 큰 나무들 사이로 에피덴드룸 세우데피덴드룸*(Epidendrum pseudepidendrum)*이 고개를 내밀고 있습니다. 하늘로 치솟은 높은 나무들 틈에서 지지 않고 고개를 내민 이 난초를 보면 어릴 적 읽었던 『키다리 아저씨』가 떠오릅니다.

가짜라는 의미의 수도우(Pseudo)라는 이름과 숲속 깊은 곳에서 자라 쉽게 눈에 띄지 않는 특성 때문에 붙여진 '유령 난초'라는 별칭은 자신의 정체를 숨기고 주디를 돕는 키다리 아저씨를.

더 높은 곳을 향해 2~3m까지 높게 자라는 그 끈질김에서는 키다리 아저씨의 후원으로 자신의 꿈을 향해 성장하는 주디의 모습을.

열대우림의 습하고 더운 환경에도 굴하지 않고, 다른 식물에 기대기도 하며 성장하는 모습은 보육원이라는 어려운 환경에서도 끈기 있게 자신의 길을 걸어가려는 주디의 의지를. 연두색 꽃잎에 붉은색 입술, 일 년 내내 계절에 상관없이

피어 아름다움을 뽐내는 난초의 꽃은 주디에게 보내는 키다리 아저씨의 변함없는 사랑을 떠올리게 합니다.

이 난초를 보고 있으니, 우리 주변에도 키다리 아저씨 같은 존재가 있지 않을까 생각하게 됩니다. 보이지 않는 곳에서 우리를 응원하고 지지해 주는 누군가 말입니다. 때로는 그것이 가족일 수도, 친구일 수도, 혹은 전혀 예상치 못한 누군가일 수도 있겠죠.

에피덴드룸 세우데피덴드룸, 이 특별한 난초는 우리에게 희망과 성장의 메시지를 전해 줍니다. 어려운 환경 속에서도 끈기 있게 자신의 길을 걸어가는 모습은 타인을 향한 따뜻한 사랑과 지지가 우리에게 얼마나 큰 힘이 되는지를 보여 주고 있습니다.

우리도 이 난초처럼, 그리고 주디처럼 자신만의 빛을 찾아 끊임없이 성장해 나가는 건 어떨까요? 그리고 동시에 누군가의 키다리 아저씨가 되어 주는 것은 어떨까요? 누군가를 돕기 위해 꼭 큰 힘이 필요한 건 아니라고 생각합니다. 작은 관심과 사랑이 누군가의 인생을 바꿀 수 있다는 걸, 이 아름다운 난초가 우리에게 속삭이고 있습니다. 난초를 보고 있으니 주디의 속삭임이 들리는 것 같습니다.

"정말로 소중한 것은 커다란 기쁨이 아니에요. 사소한 것에서 얻는 기쁨이 더 소중하답니다."

화사한 아름다움이 주는 사랑의 메시지

반다 체리 블라썸 (Venda Cherry Blossom)

반다 체리 블라썸*(Venda Cherry Blossom)* 난초는 그 이름만으로도 사람의 시선을 사로잡는다. 이 난초는 이름처럼 화사하고 사랑스러운 꽃을 피운다. 마치 체리꽃처럼 화사한 분홍색 꽃잎은 그 자체로 하나의 작은 예술 작품 같은 존재이다. 봄에 꽃을 피우며, 그 아름다움은 주변 자연과 조화를 이뤄 사람들에게 기쁨을 안겨 준다. 난초의 꽃잎은 부드럽고 섬세하며, 그 색깔은 햇빛을 받아 더욱 빛난다. 이러한 화사한 모습은 반다 체리 블라썸 난초가 처음 마주한 사람에게도 바로 사랑받는 이유가 된다.

난초는 오랜 세월 동안 인간의 문화와 예술에 깊은 영향을 미쳐 왔다. 그 아름다움은 단순히 시각적인 즐거움에 그치지 않고, 사람들에게 긍정적인 감정을 불러일으킨다. 이 난초를 바라보면 마음이 차분해지고, 스트레스가 해소되는 듯한 기분이 든다. 그래서일까. 나 역시 반다 체리 블라썸을 볼 때마다 새로운 아이디어와 창조적 에너지를 느끼며, 세밀화로 표현하고 싶다는 열망을 자주 갖게 된다.

매년 봄, 이 꽃이 피어나는 과정을 지켜보며 인내와 기다림의 중요성을 배우게 된다. 난초가 꽃을 피우기 위해 필요한 시간과 노력이, 나의 작업에도 똑같이 적용된다고 느낀다. 때로는 작업이 잘 풀리지 않을 때도 있지만, 난초를 바라보며 다시 한번 마음을 다잡는다. 난초가 꽃을 피우는 인내의 과정을 존중하듯 나도 남과 비교하지 않는 나만의 속도로 인내하며 나아가야겠다고 다짐한다.

반다 체리 블라썸 난초를 그릴 때 그 세밀한 디테일을 포착하려고 노력한다. 난초의 꽃잎 하나하나, 줄기와 잎의 결을 세심하게 관찰하며 그린다. 이 과정에서 난초의 시각적 아름다움을 넘어 그 속에 담긴 생명력과 자연의 오묘함을 느낀다.

매년 봄, 난초가 피어날 때마다 나는 새로운 시작을 맞이하고, 그 속에서 내 삶의 의미를 되돌아 본다. 반다 체리 블라썸 난초는 나에게 단순한 식물이 아닌, 삶의 교훈과 희망을 주는 소중한 친구가 되었다. 앞으로도 이 난초와 함께하며, 더욱 많은 이야기를 세밀화로 담아낼 수 있기를 바란다. 난초는 나의 작업에 영감을 주는 존재일 뿐만 아니라, 나의 삶을 더욱 풍요롭게 만들어 주는 소중한 동반자라고 할 만한 가치 있는 식물이다.

꽃을 피우는 벌브, 피어나는 가족 이야기

엔시크리아 아트로피네 (Encyclia Atropine)

"이모!"

한창 일하고 있는 오후, 중학생 조카에게 전화가 온다. 조카는 학원에서 돌아오는 길에 심심해서 전화했다며 시시콜콜한 이야기를 늘어놓는다. "이모 일해야 돼, 끊자." 라고 말해도 조카는 "아, 잠깐만요! 조금만 더 이야기하면 안 돼요?" 라며 계속 통화를 하자고 조른다. 어렸을 때부터 할아버지와 할머니의 사랑을 듬뿍 받아서인지, 조카는 애정이 많고 사람들과의 대화를 즐기는 성격으로 자랐다.

요즘 아이가 있는 맞벌이 부부는 조부모와 함께 살거나 근처에 살면서 아이를 맡기는 경우가 많다. 조카도 그런 이유로 태어나서 백일이 지나고부터 조부모님께서 키워 주셨다. 부모인 나도 우리 아이들을 키우면서 사랑을 많이 주려 했지만, 조부모님의 무조건적인 따뜻한 사랑을 받은 조카는 사랑받는 것에 자신감이 있고 주변 사람들에 대해 애정이 많은 것 같다. 허스키한 목소리에 평범하게 생긴 조카를 할아버지는 똑똑하고 예뻐서 아나운서가 될 감이라고 칭찬하신다. 부

모의 사랑에 조부모님의 무조건적인 사랑까지 더해지면 아이들은 더욱 안정감과 자존감을 높일 수 있는 것 같다.

올봄 난 농원에 갔을 때, 무채색 꽃잎과 꽃받침, 진홍빛의 보라색이 눈에 띄는 입술을 가진 꽃들이 대롱대롱 매달려 있는 모습에 끌려 엔시크리아 아트로피네*(Encyclia Atropine)*를 선택했다. 사장님이 꽃의 줄기와 뿌리 부분을 짚어 설명해 주셨는데, 특히 줄기와 뿌리 사이에 긴 달걀 모양의 벌브를 보여 주시며 그 관계를 설명해 주실 때가 가장 흥미로웠다. 벌브는 할아버지 벌브, 아빠 벌브, 자식 벌브로 구분하는데, 이 삼대가 모두 있으면 꽃을 피우기 좋은 환경이 된다고 한다.

할아버지 벌브는 가장 오래된 벌브로 수분 저장 능력이 감소하여 기능이 줄어들지만 여전히 다른 벌브에게 물리적 지지와 일부 영양분을 제공할 수 있고, 아빠 벌브는 중간 단계의 것으로 영양분과 수분 저장 기능을 수행하며 난초의 생장과 번식에 중요한 역할을 한다. 자식 벌브는 가장 최근에 형성된 벌브로 가장 많은 영양분과 수분을 저장하고 새로운 잎과 꽃을 피우는 데 기여한다. 자식 벌브가 성숙하면 아빠 벌브가 되어 새로운 자식 벌브를 형성하게 된다는 설명을 들으니 문득 조카들과 친정 부모님이 복닥거리는 풍경이 떠올랐다.

이 설명을 통해 조부모와 부모, 그리고 자녀가 어우러져 살아가는 대가족의 의미를 되새기게 된다. 할아버지 벌브는 오래된 지지대처럼 가족에게 안정감을 제

공하고, 아빠 벌브는 가족의 중추로서 필요한 자원과 영양분을 공급하며, 자식 벌브는 새로운 세대로서 잠재력을 발휘하며 성장한다. 조부모의 사랑을 받으며 자란 아이들은 높은 자존감과 안정감을 가지고 자라며, 이는 가족이라는 공동체 안에서 서로에게 지지와 힘이 되는 과정을 통해 이루어진다. 이는 단순히 물리적인 자원을 넘어서 정서적 안정감과 무조건적인 사랑이라는 더 깊은 차원의 관계로 이어진다.

우리가 알고 있는 전통적인 대가족은 아니지만, 서로의 역할을 이해하고 존중하며 서로의 존재가 다른 이들에게 힘이 되는 환경을 만들어 간다. 이러한 환경에서 자란 아이들은 앞으로의 삶에서 더욱 풍부하고 안정적인 관계를 맺으며, 새로운 세대에게도 사랑과 지지를 전달할 수 있을 것이다. 결국, 대가족은 각자의 역할을 수행하며 서로를 돕고, 성장하며, 사랑을 나누는 공동체가 된다. 이는 난초의 벌브들이 서로를 지탱하며 꽃을 피우듯, 우리 가족도 서로를 지지하며 더욱 아름다운 삶을 피워 나가기를 기대하게 한다.

≫ 김수연

엄마와 작가 사이

덴드로비움 로디게시 (Dendrobium loddigesii Rolfe)

그림은 언제나 내 곁에 있었다. 애니메이터로 시작해 PD로 활동하면서, 13년 동안 내 손끝에서 수많은 이야기가 피어났다. 그간의 고생이 드디어 빛이 되어 나를 반짝이게 하던 그 시기에 나는 엄마가 되기로 했다. 아이러니하게도 스튜디오를 그만두고 아이를 배 속에 품고 대형 제과 업체의 CF 작업을 하던 그때, 마치 내 경력의 꽃이 만개한 순간처럼 빛났다. 그토록 오랜 시간 배움을 좇으며 달려 온 길 끝에서, 드디어 꽃이 피어나던 그 순간 나는 새로운 역할을 맡기로 했다.

아이가 태어난 뒤에도 일에 대한 의뢰는 계속 들어왔다. 그러나 애니메이션은 육아 조력자가 없다면 작업을 이어가는 것이 쉽지 않은 일이다. 마지막 극장판 작품을 할 때 나의 길을 보류하고 엄마가 되기로 했다. 시간이 흐르며 작업 요청은 뜸해졌고 내가 그동안 걸어온 길도 멈추는 듯했다.

그럼에도 불구하고, 주변에서는 여전히 활기찬 소식들이 들려 왔다. 함께 작업했던 동료들이 새 프로젝트를 시작하고, 누군가는 해외의 유명 스튜디오로 떠났

다는 이야기들이 내 마음을 흔들었다. '아……. 이 마음이 도대체 뭐지?' 마음이 수런거렸다. 그렇지만, 어린 시절 엄마가 곁에 있어 행복했던 추억을 기억하며, 나는 아이 옆에 있기로 했다. 그렇게 나는 엄마로 남았다.

큰아이는 유난히 예민한 아기였다. 어느 날 아기가 폐렴으로 입원하는 일이 있었다. 모든 아기가 두 시간마다 깨는 줄로만 알았던 내가 아기를 안고 휴게실에 나와 보니 다른 엄마들은 아기를 두고 간식을 들고나와 수다를 즐기고 있는 것이다. 그때야 나는 통잠을 자는 아기들도 있다는 사실을 처음으로 알게 되었다.

그 시기에 나는 식물세밀화를 공부하고 있었다. 자연을 관찰하고, 그 섬세한 변화를 기록하는 일은 어린 시절부터 나와 함께했던 관찰의 연장이었다. 어린 시절은 산과 들을 뛰어다니며 자연을 관찰했고, 어른이 되어선 모든 움직임과 이야기를 관찰하고 영상으로 만들던 내가, 이제는 식물의 생애를 관찰하여 그림으로 기록하는 작업을 하게 된 것이다. 이로 인해 3D 애니메이션

에서 플랜트 디자인 작업을 맡아 했고, 현재는 일러스트레이터(Illustrator)이자 보태니컬 아티스트(Botanical Artist)로 식물과 환경에 관한 그림을 그리고 있다.

예민한 큰아이를 기르며 마흔이 넘어서야 나는 나 자신도 예민하고, 혼자만의 조용한 시간이 있어야 하는 사람임을 깨달았다. 혼자서도 잘 노는 사람이라고 생각했는데, 혼자만의 시간이 꼭 필요한 사람이었다. 흙탕물이 고요히 가라앉아야 개울이 맑게 흐르듯이, 그 시간이 있어야만 마음이 평온해지고 그림을 그릴 에너지를 얻을 수 있었다. 매일 밤 아이들이 잠들면 한 시간 정도, 하루의 마음을 가라앉히고 두세 시간씩 쪽잠을 자며 그림을 그렸다

덴드로비움 로디게시*(Dendrobium loddigesii Rolfe)*, 이 작은 난초는 내가 느끼는 감정과 닮아 있었다. 이 난초는 꽃을 피우기 위해 추위를 꼭 견뎌야만 한다. 늦가을이나 겨울이 지나고 봄 환절기 밤낮의 기온 차가 클 때 베란다 등에서 충분한 햇빛을 받아야 하며, 차가운 공기에 노출되어야만 자극을 받아 꽃눈이 생긴다. 그 과정이 없다면, 꽃은 안 나온다.

데려올 때 "카틀레야나 호접란보다 이상한 요구가 많아요."라는 설명이 따라붙더니……. '이 예민한 난초 같으니라고', 이런 섬세한 요구들은 마치 나의 삶과도 닮아 있었다.

로디게시는 사랑스러운 핑크빛 꽃을 피우지만, 그 모습은 어딘가 조금 정신없어

보이기도 한다. 꽃을 그림으로 담아내려니 어디서부터 시작해야 할지 고민이 됐다. 원래도 비실비실 세력이 약한 식물이라면 줄기도 꽃도 몇 없을 테니 우아한 척, 줄기 몇 개 그리면 되겠지만, 세력이 좋고 꽃이 풍성한 식물은……. 말로 하면 그저 예쁠 것만 같지만, 실상은 정신이 없다.

뿌리를 관찰하기 위해 화분에서 꺼내 분촉을 할 때도, 난초의 줄기들이 서로 엉켜 있어 분리하려고 할 때마다 마치 실타래를 푸는 것처럼 복잡했다. 하지만 인내심을 갖고 조심스럽게 줄기를 풀어내다 보면, 그 속에 숨겨진 생명력을 다시금 느끼게 된다.

아들 둘이 성장하면서 우리는 자주 식물원과 산, 들을 찾았다. 아이는 자연 속에서 자라며 환경에 대한 감각을 키워 갔다. 나는 생태 감수성이 현재를 넘어 미래의 삶을 살아갈 아이들에게 매우 중요하다고 생각했다. 시간이 지나면서 큰아이는 더 이상 그 활동에 흥미를 느끼지 않았고, 그늘에서 혼자만의 시간을 보내는 날이 많아졌지만, 환경을 고민하는 아이로 성장했다. 나는 아이들이 자연 속에서 성장하는 과정을 지켜보며 행복을 느꼈다.

아이들이 커 가면 내 시간이 점차 많아질 것으로 생각했지만, 현실은 달랐다. 아이들이 학원에 다니지 않는 우리 집에서는, 내 시간이 늘 부족했다. 함께 공부하고 토론하는 친구로, 주부로, 때로는 강사로 엄마와 작가로서의 균형을 맞추는 일은 여전히 풀기 어려운 문제다. 하지만 분명한 것은, 무언가를 이루기 위해서는 어느 정도의 희생이 필요하다는 것이다. 건강이 뒷받침되지 않아 고민이 깊어지기도 했지만, 나는 여전히 작가와 엄마 그 사이에서 나만의 시간을 찾으려 노력한다.

이제 아이들은 다른 단계의 응원과 돌봄이 필요하고 스스로 이끌고 만들어 나가는 연습을 하는 시기에 있다. 나는 여전히 나만의 시간을 찾고, 그 속에서 그림을 그린다. 덴드로비움 로디게시가 추운 시기를 품고 아름다운 꽃을 피우듯이, 나도 내 삶에서 고요함과 평온을 찾으려 노력한다. 그리고 나는 아이들에게 다정하게 속삭인다.

너는 너의 길을 가거라, 엄마는 여기서 그림을 그릴 테니.

ttering

설렘

행복한 우연이 일어나기를

덴드로비움 유시타이 *(Dendrobium x usitae)*

개인적으로 결정할 것이 많은 한 해다. 무엇을 결정하든 하나를 얻으면 하나를 내놓아야 한다.

소탐대실하는 것일까 봐 불안하고 한 번의 선택이 한꺼번에 모든 걸 다 바꿔 버릴 것 같은 두려움이 들기도 한다. 따지고 계산해도 어쩔 수 없이 남아있는 불확실성이 계속 마음에 걸린다.

그때 만난 덴드로비움 유시타이*(Dendrobium x usitae)*.

학명의 'x'는 별개의 두 종이 자연적으로 만나서 만들어진 새로운 종임을 나타내고 있다. 명랑한 노란색의 덴드로비움 불레니아눔*(Dendrobium bullenianum)*과 우아하고 차분해 보이는 자주색 덴드로비움 골드스미티아눔*(Dendrobium goldsmithianum)*, 이 두 종이 필리핀 북쪽의 따뜻한 열대 섬 칼라얀에서 만나 특별한 자식을 낳았다. 자생지에서 해발 300m 정도 위치의 나무 위에 착생해서 위로 자라다가 무거워지면 아래로 처지며 자란다고 한다.

예쁘다는 건 주관적인 것이겠지만, 양친의 장점만 쏙쏙 물려
받았으니 예쁜 건 말할 필요도 없다. 조그만 꽃 안에 노랑부터
연두, 주황, 분홍, 자주, 연보라…….
다양한 색이 골고루 들어 있다. 흰색 가지 같은 유사 구근 위에서 탄탄한 꽃송이
들이 건강하게 사방으로 뻗어 산홋빛 동그란 공 혹은 캉캉 스커트 모양을 만든다.

얌전한 듯 화려한 듯, 너는 둘 다 가졌구나.

요즘은 융합과 하이브리드라는 말이 유행이다.
둘을 합친다고 항상 장점만 있는 것은 아닐 것이다. 시너지를 내면 좋겠지만 서
로 부딪쳐 상쇄되거나 단점들이 더 부각될 수도 있다. 아마도 그 결과는 해 보기
전에는 알 수 없는 것. 유시타이처럼 아름다운 결과가 나오는 것은 필연이라기
보다는 어느 정도 행복한 우연의 작용일 것이다. 이 세상에 유시타이 같은 행복
한 우연들이 얼마나 많이 존재할까, 생각하면 아주 조금은 마음이 놓이고 우연
에 살짝 기대고 싶은 마음도 든다.

이제 용기를 내 도전하고 우리의 선택 뒤에 유시타이처럼 아름다운, 행복한 우
연이 기다리기를 빌어 본다.

≫ 김윤정

낯선 모습에 진한 향

파피오페딜룸 다이앤썸 (Paphiopedilum dianthum Tang & F.T.Wang)

파피오페딜룸 다이앤썸(*Paphiopedilum dianthum* Tang & F.T.Wang)의 첫인상은 '낯설다' 였다. 우리가 보통 꽃이라고 생각하는 모습과 꽃 모양, 크기, 색까지 차이가 있었다. 물론 파피오페딜룸을 좋아하는 난 애호가들에게는 친숙하겠지만 파피오페딜룸속의 꽃을 처음 보는 사람은 신선한 충격을 받을 듯하다.

파피오페딜룸 다이앤썸은 80cm까지 자랄 수 있는 곧거나 긴 아치형 줄기에 4~6개의 잎을 달고 있다. 한 줄기에 꽃은 1개에서 많게는 5개까지도 핀다. 꽃의 너비는 최대 10cm에 이른다. 구불구불 길게 늘어진 두 장의 곁꽃잎은 검정에 가까운 색의 털과 녹색과 붉은색이 섞인 오묘한 색을 가지고 있다.

레이스처럼 부드러운 곡선에 박힌 검은 털은 전혀 어울릴 것 같지 않은 이미지를 합성해 만들어 놓은 것 같다. 난을 이루는 선은 우아하고 부드러운데 그 식물에 난 털과 색, 꽃의 크기는 강한 이미

지를 준다. 상반된 이미지가 섞여 있으니, 나에게는 낯설고 신비로운 느낌으로 다가왔다.

내가 보고 그린 파피오페딜룸 다이앤썸은 털이 난 곧고 긴 줄기에 꽃이 2개 달려 있었는데 하나는 이미 꽃잎은 떨어지고 말라붙은 흔적만 남아 있었고, 하나는 가지 꼭대기에 달려 있었다.

주머니처럼 생긴 입술 꽃잎을 종단으로 자르면 그 속에도 촘촘한 어두운 색의 털이 나 있다. 이 꽃의 주요 수분 매개체인 호버플라이 (꽃파리)가 파피오페딜룸 다이앤썸 꽃을 수정하는 과정이 매우 궁금했다.

주머니처럼 생긴 잎술꽃잎이 어떤 기능을 하는지 호기심을 자극했지만, 중국과 라오스, 베트남이 원산지인 식물이라 정보를 찾기 쉽지 않았다. 주머니를 닮은 꽃잎이 아무런 기능이 없을 수도 있지만 아쉬운 대로 어떤 기능을 하는지 상상해 본다.

난과 식물은 암술과 수술이 따로 있지 않고 기둥 모양의 구조에 함께 붙어 있는데 이것을 꽃술대라고 한다. 파피오페딜룸 다이앤섬의 꽃술대 정면에서 보이는 헛수술 뒤쪽에는 두 개의 암갈색 꽃밥과 수술이 있다. 꽃술대를 살짝 뒤집으면 숨어 있던 암술머리를 볼 수 있는데 뒤쪽의 헛수술과 암술머리, 꽃밥과 꽃술대가 합쳐져 외계인 얼굴 같은 재미있는 모습이 된다.

파피오페딜룸 다이앤썸은 보태니컬아트로 작업한 네 가지 난초 중에서 꽃이 가장 컸고 향기도 매우 진했다. 꽃을 한참 즐기고 꽃이 이제 시들기 시작할 것 같다는 생각이 들 때 바로 분해를 시작했다. 꽃이 핀 지 한참이 지났음에도 불구하고 꽃잎들을 떼어내고 꽃술대를 관찰할 때는 작은 작업실 안이 향수를 뿌린 듯이 꽃의 향기로 가득했다.

꽃을 분해하다 보면 꽃에 미안한 마음도 들지만 꽃이 숨겨놓은 비밀 지도를 살펴보는 듯한 설레는 마음도 든다.

독특한 이미지만큼 진한 향기가 인상적인 난초 파피오페딜룸 다이앤썸은 그림이 끝난 후에도 오랫동안 부드럽지만 강한 향기와 잔상으로 기억에 남아 있다.

섞이면 어떻게 될까?

엔시레이볼라 자이락 카나리 (Encyleyvola Jairak Canary 'Orange')

엔시레이볼라 자이락 카나리(*Encyleyvola* Jairak Canary 'Orange')는 엔시클리아 페니체아(*Encyclia phoenicea*)와 브라소카틀레야 리처드 뮬러(*Brassocattleya* Richard Muller) 사이의 교배종인 식물이다. 남아메리카 기원이며 꽃의 크기는 4~6cm이고, 성인 식물일 때의 높이는 15~30cm이다. 얼핏 보면, 오렌지 빛깔의 참나리와 비슷하나, 흰색 또는 연노랑 긴 입술에 진한 붉은 반점이 있다.

카틀레야 난초는 보통 일 년에 한 번만 꽃을 피우지만, 교배종들은 한 번 이상 꽃을 피우기도 한다. 벌브(구근) 수가 많고 잎이 두꺼우며 꽃은 15~20일 동안 지속된다. 따뜻한 온도에서 키워야 하고, 교배종이라 향기는 없으나 관리하기는 쉬운 편이다.

이런 식물을 속칭 교잡종, 하이브리드라 부른다. 서로 다른 성질을 가진 요소를 둘 이상 섞음을 말하는 하이브리드라는 용어가, 식물에도 쓰이면서 친숙한 일상의 용어가 된 게 신기하면서도 재미있다.

kong Sean

각각의 다른 종이 만나, 새로운 종으로 탄생한 엔시레이볼라
자이락 카나리를 바라보면, 마치 아빠와 엄마 사이에서 태어나
둘을 모두 닮은 사랑스러운 아이의 모습 같다.
아이의 얼굴에서 엄마와 아빠의 모습을 찾아 보는 것처럼, 교배종
식물들을 볼 때, 부모 식물의 특징을 관찰하는 것도 흥미로운 발견이
될 것이다.

또한, 비교적 키우기 수월하고 구입하기가 쉽다는 점은 교배종의 장점이기도 하
다. 엔시레이볼라 자이락 카나리 역시 이런 장점들을 모두 갖추고 있다.

이 식물은 꽃이 필 때와 질 때, 색이 다르다. 분홍색 음영의 주황색으로 피었다
가, 며칠 안에 선명한 노란색으로 바뀌는데, 이때는 카틀레야 골든피콕과 매우
흡사하다.

집안 가까운 곳에 두고 키우며, 노란색과 주황색 꽃이 주는 밝은 에너지와 새로
운 종으로 태어난 식물이 주는 신선한 아름다움을 즐겨 보도록 하자.

댕기머리 산골 소녀

반다 숙삼란 선라이트 (Vanda Suksamran Sunlight)

반다 숙삼란 선라이트*(Vanda* Suksamran Sunlight*)*는 반다 지라프라파*(Vanda* Jiraprapa*)*와 반다 프랄로*(Vanda* Pralor*)*의 교배종이다. 한 줄기에 20~30개의 꽃이 피어나는 컴팩트한 아스코센다* 유형으로 생동감 넘치고 명랑하다.

반다 난을 소개하는 글에서 '명랑하다' 고 한다. 화려하고 여왕 같은, 고귀한 자태를 뽐내는 난 사이에 기죽지 않고 당당하게 꼿꼿이 서 있는 산골 소녀. 단단하게 중심을 잡고 있지만 여려 보이는 줄기는 촘촘히 땋아 내린 산골 소녀의 댕기머리다. 명랑하고 자유롭지만 선을 넘지 않고 단정하다.

꽃잎이 알록달록 화려한 빨강, 분홍, 보라색 난 사이에서 비록 튀지 않는 갈색이지만 그것도 나는 좋다. 이 녀석을 그리려고 집으로 데려왔는데 오자마자 일주일도 안 되어 꽃잎이 다 떨어져 버렸다.

다행히 사진을 워낙 많이 찍어 놔서 그림을 그리는 데는 지장이 없었지만, 마음이 쓰린 건 어쩔 수 없다. 역시 집으로 데려오는 건 무리인 걸까? 농원에서 사진만 찍어올 걸 그랬나? 식물이나 꽃을 키우는 데는 젬병인데 걱정이 된다.

그래도 일단은 해 보자며 꿋꿋하게 농원에서 알려준 대로 매일 분무를 해 주고 가끔 물에 담가도 주며 내가 할 수 있는 건 착실히 해 본다. 다행히 꽃이 떨어진 것만 빼고 아직은 잘 버텨 주고 있다. 난은 키우기 힘들다던데, 우리 집에서 이렇게 버티는 거 보면 첫인상대로 씩씩한가 보다. 여려 보이지만 그 단단한 생명력이 놀랍다.

여기저기 뛰어놀아 얼굴이 까맣게 익고 주근깨 가득한 말괄량이 산골 소녀 같던
그 귀여운 갈색 꽃을 다시 볼 수 있을까?

* 아스코센다(Ascocenda) 속은 원예 무역에서 'Ascda.'로 약칭되며 이전 속인 아스코센트룸(Ascocentrum)과 반다(Vanda)의 교배로 인해 발생한 인공 잡종 난초
속입니다.

passio

열정

≫ 김민영

내가 집착하는 이유

파피오페딜룸 페리아눔 (Paphiopedilum fairrieanum (Lindl.) Stein)

나는 식물세밀화 작가다.

아침이 되면, 진하게 내린 모닝커피와 함께 안방으로 출근한다. 나의 아지트 나의 작업실로……

겨울이 되면 야외로 자료 조사를 나가는 빈도수가 줄어드니 외출을 자제하고 그림 그리는 시간을 좀 늘린다. 날이 좀 풀리는 봄에는 주로 아침에 집 주변을 산책하고, 주기적으로 집 근처의 식물원을 방문한다. 식물원에는 온실이 있어 초봄에도 꽃을 만날 수 있어 좋다.

매일 같은 산책길을 걸으며 오늘은 겨울눈이 어떻게 변했나 관찰하고 기록사진을 찍는다. 자를 들고 다니면서 정확한 길이를 확인하고 자가 없을 때는 손가락이 자가 되어 길이를 가늠할 때도 있다. 집게손가락 한마디

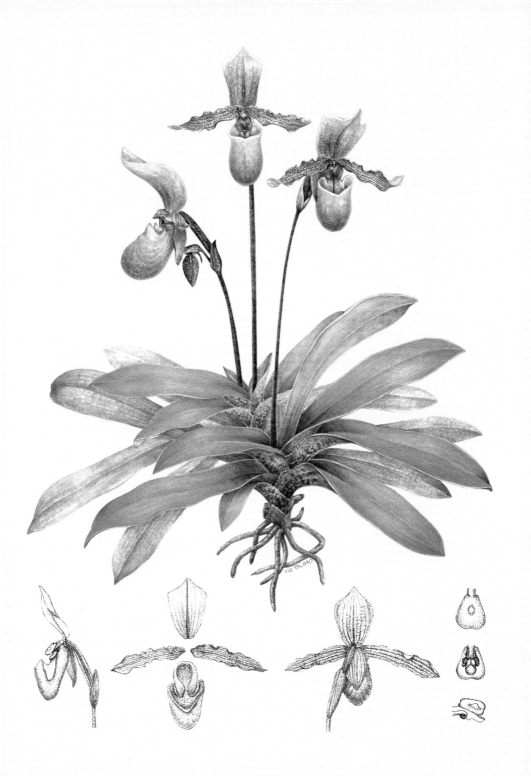

2.5cm 한 뼘은 18cm!!!

나의 삶은 주로 자료 조사를 하고 그림을 그리는 단순한 일상의 반복이지만, 새로운 식물을 그릴 때마다 새로운 별을 하나 발견하여 그림으로 기록하는 느낌이니 설레지 않을 수 없다.

그림을 그리는 직업이지만 그림 그리는 시간 이상으로 식물에 대해 알아가며 친해지는 충분한 기간을 가져야 제대로 된 식물세밀화가 탄생한다고 생각한다. 한 식물의 보편적인 모습을 담아야 하며, 생애 주기를 정확히 기록하기 위해서는 먼저 식물에 대해 다양한 자료를 찾아 보고 정리하는 일로 시작한다. 내가 찍은 사진이 맞는지 또 사진에서 볼 수 없는 다른 특징들이 있는지도 확인한다

마음에 드는 사진을 찍을 때까지 같은 장소를 여러 번 방문하기도 한다. 조사한 자료를 펼쳐놓고, 식물을 직접 관찰도 하고, 분해해 보기도 하니 큰 책상이 늘 좁게 느껴진다. 그 후엔 사진들을 어떻게 구성할지 고민하고 난 후 스케치가 시작된다. 내 기준으로는 매일 4~5시간 이상씩 한 달 정도를 그려야 A3 종이 한 장을 완성할 수 있는데, 가끔은 그림 그리는 시간보다 자료 조사를 하고 구성하는 데 더 많은 시간을 할애할 때도 있다. 한 장당 2개월에서 많게는 1년 이상의 시간이 걸리기도 한다.

이렇듯, 식물의 정확한 정보를 그림으로 기록하는 것이 식물세밀화 작가의 일

이다. 아는 만큼 보인다는 말이 있지 않나? 보이는 만큼 자세히 그림으로 기록할 수도 있다. 한 예로 파피오페딜룸 페리아눔 (*Paphiopedilum fairrieanum* (Lindl.) Stein)은 입술 꽃잎이 주머니처럼 생겼다. 처음엔 포충식물 같았는데 그 주머니가 참으로 신기한 게 앞쪽은 매끈하게 생겼고 뒤쪽은 계단처럼 굴곡이 나 있다. 주머니 안쪽을 살펴보니 주머니 앞쪽은 털이 아래로 향해 있어 주머니에 들어가기만 하면 미끄러지듯 안으로 들어갈 수밖에 없는 형태이고, 자세히 살펴보면 구조상 주머니의 둥근 원에서 출구는 화분괴*가 있는 방향 단 하나뿐이다. 이 난이 살아남기 위해 수많은 시간에 걸쳐 진화해 얻은 모습일 것이다.

이렇게 식물에 대해 알아보고 친해지게 되면 식물이 왜 이런 형태인지 이해할 수 있게 된다. 그렇기에 예쁘게 편하게 그리기보다는 그 식물의 고유한 특징을 꼭 그림으로 표현하고 싶어진다. 이것이 식물세밀화 작가가 디테일에 목숨을 거는 이유이기도 하다.

숨은 과정들이 길고 수많은 탓에 눈에 다 보이지는 않겠지만, 그림을 그린 작가 본인은 그 과정들을 알고 있다.

단순히 예쁜 꽃 그림을 그리는 사람이 아니라, 스스로가 인정할 정도로 식물의 세밀함을 담아내는 식물세밀화 작가가 되고 싶다.

* 화분괴: 난과 식물의 꽃가루 덩이

작은 거미가 꿈꾸는 큰 하늘

거미난 (Taeniophyllum pusillum (Willd.) Seidenf. & Ormerod)

우리가 살아가는 세상에는 때로 눈에 잘 띄지 않는 작은 생명체들이 있습니다. 그중에서도 오늘 소개할 주인공은 바로 거미난*(Taeniophyllum pusillum* (Willd.) Seidenf. & Ormerod)입니다.

푸실룸(Pusillum)이라는 이름에서 알 수 있듯이, 이 난초는 정말 작습니다. 마치 작은 거미가 나뭇가지에 매달려 있는 듯, 잎이 거의 없이 뿌리만으로 이루어진 독특한 모양새는 처음 보는 사람이라면 "저게 정말 식물이야?" 라고 물을 정도로 독특합니다.

하지만 그 작고 독특한 몸집 속에 담긴 생명력과 의지는 결코 작지 않습니다. 주로 동남아시아의 열대우림에서 발견되는 거미난은 큰 나무의 가지나 줄기에 붙어 살아가는 착생란의 일종입니다. 착생란이니 자칫 다른 식물에 기생하는 것처럼 보일 수 있지만, 단지 다른 식물을 지지대로 삼아 햇빛과 수분을 얻는 것뿐, 실제로는 독립적으로 살아갑니다.

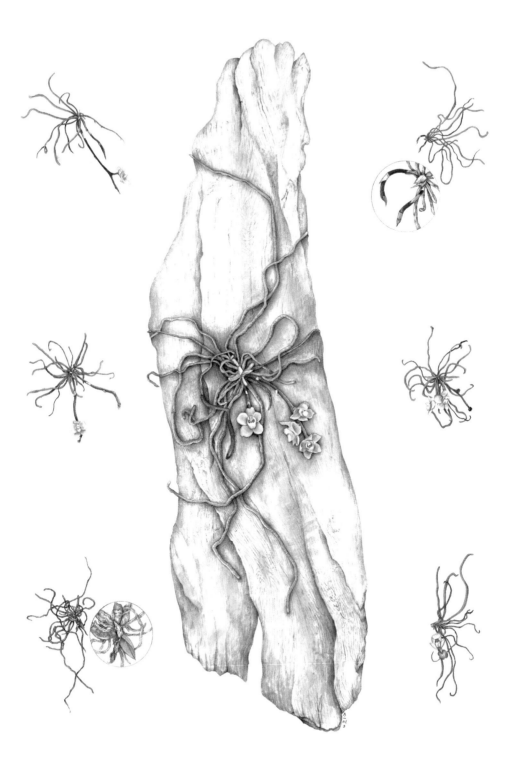

잎 대신 넓게 퍼진 납작한 뿌리는 광합성을 담당하는데, 이 뿌리들이 작은 손가락처럼 나무를 단단히 고정하면서 감싸안아 공기 중의 수분과 영양분을 흡수해 살아가는 것입니다.

매우 작은 꽃 역시 그 아름다움은 결코 작지
않습니다. 흰색이나 연한 노란색으로 군집을
이룬 꽃은 마치 작은 별들이 모인 은하수
처럼 보입니다. 이 작은 꽃들은 종종
자신의 몸집보다 더 크게 피어나 주변을
환하게 밝힙니다. 작은 몸집에서 피어나는
어여쁜 꽃은 우리가 품은 아름답고 소중한
희망처럼 느껴집니다.

우리는 때로 자신이 너무 작고 보잘것없다고 여기곤 합니다. 세상은 너무 크고 복잡한데, 우리의 존재는 마치 거대한 숲속의 거미난처럼 작고 미미하게 느껴질 때가 있습니다. 하지만 거미난은 작은 몸집에 굴하지 않고 주어진 환경에서 뿌리를 뻗어 자리 잡고 햇빛을 향해 꾸준히 성장해 나가는 강인한 난초입니다. 잎 대신 뿌리로 광합성을 하는 독특한 방식도, 주어진 환경에 맞춰 자신을 변화시킨 거미난의 대범함을 보여 줍니다.

이러한 거미난을 보고 있으면 비록 나약하게 느껴지는 지금의 나도, 내 뿌리만큼은 단단히 자리잡고 있을 거란 희망을 품게 됩니다. 또한, 삶에서 마주치는 어려움을 새로운 기회로 바꿀 수 있는 지혜와 용기를 생각하게 됩니다.

삶이 힘들고 버거울 때, 작은 몸집으로 단단한 나무를 껴안고 잎 대신 뿌리로 광합성을 하며 환경에 맞춰 자신을 변화시키는 능동적인 삶의 모습을 한 거미난을 떠올려 보는 건 어떨까요? 거미난은 우리에게 말합니다. 크기는 중요하지 않다고, 중요한 것은 당신의 의지와 노력 그리고 꿈을 향한 열정이라고, 당신의 존재는 이미 그 자체로 매우 아름답고 가치 있다고, 말입니다.

오늘도 어딘가에서 작은 거미난이 꿈을 키우고 있습니다. 그 작은 몸집으로 큰 하늘을 꿈꾸며 살아가고 있죠. 우리도 그렇게 살아갈 수 있지 않을까요? 작지만 강하게, 그리고 아름답게.

당신의 삶이라는 나무에서, 오늘은 어떤 꽃을 피우고 싶으신가요? 거미난처럼 작지만, 강한 의지로 그 꿈을 향해 한 걸음씩 나아가 보는 건 어떨까요? 당신의 걸음이 모여 언젠가는 아름다운 꽃으로 피어날 것입니다. 그날을 향해, 오늘도 힘차게 뿌리를 뻗어 보세요.

≫ 안혜린

마음속의 붉은 보석

브라질리오르키스 포르피로스텔레 *(Brasiliorchis porphyrostele)*

어쩌다 보니 올해 내가 맡은 그림 강좌들에 은퇴하신 분들이 많이 오셨다. 막연히 은퇴 후에는 느긋하게 하루를 보내지 않을까, 생각했는데 이분들을 보면 다양한 일정으로 일주일을 꽉 채우시고 누구보다 바쁘게 움직이신다. 첫날에는 그림은 처음이라며 대부분 수줍어하시지만, 그 안에는 누구보다 열심히 연습해 오는 열정들이 숨어 있다.

세밀하게 그리는 그림이 꼭 좋은 그림은 아닐 것이다. 주어진 환경과 시간 안에서 최선의 방법을 찾으려고 한다. 노안으로 장시간 자세한 부분을 보면 어지럽거나 힘든 경우가 많으니 조금 어려운 부분을 빼고 그림을 마무리하려고 하면, 항상 조금 더 그려 보자고 하시는 분이 있다.

"여기가 좀 이상한데, 더 어떻게 하면 좋겠어요?"라고 물으신다.

학생이 더 잘하고자 할 때 싫어하는 선생님은 없다. 알고 싶어 하는 분에게 뭐라도 하나 더 알려 드리고 싶고, 반복되는 부분도 몇

Brasiliorchis porphyrostele   2024

번이고 다시 말씀드린다. 못하던 부분을 하시게 될 때, 예전 그림을 보면서 달라진 모습에 행복해하실 때 나도 함께 보람을 느낀다.

하도 더 하자고 하시니 한번은 주위에서 이런 농담을 한 적이 있다. 그 연세에 얼마나 더 잘 그리려고 하시냐고. 평소에 별말씀 없으시던 그분이 미소 지으며 "나이가 들어도 더 잘 그리고 싶은 마음은 있다고."라고 대답하셨다.

그 말씀을 하시는 모습에서 내가 그리고 있던 브라질리오키스 포르피로스텔레 *(Brasiliorchis porphyrostele)*가 떠올랐다. 차분한 노란 꽃잎 속에 선명한 자주색 보석 같은 예주*가 들어 있듯이, 평소 조용하신 그 분 마음속에도 성장하고 싶고 더 잘 그리고 싶은 열정이 붉게 자리하고 있는 것 같다.

나이가 들면서 나의 열정이 예전만 못한가 싶을 때가 있다. 하루하루 해야 할 일들을 해 나가기에만 급급해 그 이외의 것은 뭐하나 떠올리기도 전에 지쳐 잠드는 날들. '하고 싶다', '재미있다'보다는 '해야 한다'가 우선이 되곤 한다. 그러다 이렇게 열정을 품고 계신 분을 만나면 좋아하는 것을 잘하고 싶은 마음이 다시 차오르게 된다. 바빠서 미뤄두었더라도 언제든 예주처럼 다시 붉게 빛날 마음속 그 열정을 응원하고 싶다.

* 예주: column. 암수술이 붙은 기둥같이 생긴 대

≫ 박희자

등불처럼 밝게 피어난 꽃 한 송이

프로스린코리아 요란 그린워스 (Prosrhyncholeya Yoran Greenworth)

등불처럼 밝게 피어나 아름답게 빛나는 커다란 꽃 한 송이. 은은한 연둣빛 커다란 꽃잎과 그 속의 붉은 순판(脣瓣), 매력 가득하다. 수줍은 듯 살며시 고개를 숙인 모습은 나비가 나풀나풀 날아와 꽃잎에 앉는 모습처럼 보이기도 한다.

프로스린코리아 요란 그린워스(*Prosrhyncholeya* Yoran Greenworth)를 난 농원에서 구입할 때 어떻게 하면 꽃을 오래오래 예쁘게 피울 수 있는지 여쭤 보니 주변 온도를 10~35도로 맞추는 것이 가장 개화하기 좋다고 말씀하셨다.

나는 꽃을 여름에 데리고 왔기 때문에 습한 날씨에 꽃이 썩지 않는지 살펴보았다. 한겨울에는 너무 춥지 않은 방으로 옮겨 뿌리가 얼지 않고 건조하지 않도록 습도를 유지해 주었다. 그리고 뿌리의 상태에 따라 한 달에 한두 번만 물을 주는 게 좋다고 해서 뿌리를 관찰하며 가끔만 물을 주었다.

고개를 숙이고 있던 꽃은 이미 만개해 저문 줄 알았는데……

어머나 세상에!!!

일주일 정도 지나 고개를 들며 꼿꼿하게 다시 피어났
다. 그때는 나비가 하늘로 날아갈 기세처럼 꽃잎을 더
크게 펼치고 시원한 향까지 가득 뿜으며 고귀함을 뽐내기까지 했다.

딸, 요란 그린워스(Yoran Greenworth)를 둔 아버지가 이 꽃의 아름다움을 발견한
후, 딸과 같은 이름을 붙여주었다고 한다. 이 꽃을 육종한 아빠가 딸의 이름을
붙인 그 이유를 설명할 필요가 없을 만큼 꽃은 아름다움으로 곱게 빛났다.

화려한 듯 우아한 꽃을 피우는 자신감 넘치는 모습이 멋져 보였다. 어떤 환경 속
에서도 스스로를 채워 가며 성장하는 과정이 감동적이다. 작은 씨앗에 싹을 틔
워 뿌리를 내리고 중심을 잡는 줄기를 곧게 세우고, 미끄럼틀을 닮은 유연한 형
태의 잎을 만들며 세상에 하나밖에 없는 아름다운 꽃을 피운다.

수많은 꽃이 비슷해 보이지만, 단 한 송이의 꽃도 똑같은 게 없듯이 그 모두 자
기만의 유일한 아름다움을 담고 있다. 꽃을 보고 있으면 지금, 이 순간을 살게
되는 것 같다. 지난 과거에 후회하지 않고 불투명한 미래에 흔들리지 않는다.

등불처럼 밝게 피어난 꽃처럼 나 역시 어두운 길을 밝혀 주는 사람이 되고 싶다.

너와 닮은 나의 이야기

덴드로비움 어메시스토글로썸 (*Dendrobium amethystoglossum* Rchb.f.)

덴드로비움 어메시스토글로썸(*Dendrobium amethystoglossum* Rchb.f.)이라는 난을 처음 보았을 때, 마치 무인도 한가운데 굳건히 서 있는 야자나무를 보는 것 같은 인상을 받았다. 이 꽃은 연노랑 꽃잎과 꽃받침, 자주색 마름모꼴 입술로 이루어진 화려한 외관을 지니고 있었고, 그 모습은 마치 반짝이는 보석처럼 빛나고 있었다. 열정적인 필리핀의 루손섬에서 주로 서식하는 이 난초에 끌렸던 것은 어딘가 모르게 나와 닮았다는 느낌을 받았기 때문이다.

까무잡잡한 피부를 가진 나는 노란색, 파란색, 진분홍색처럼 강렬한 색상의 옷을 즐겨 입는다. 사람들이 부담스러워할 수 있는 이 색상들은 오히려 나에게 잘 어울린다. 이러한 색감은 나의 열정적이고 쾌활한 성격과도 잘 어우러진다. 나는 화려하고 생동감 있는 옷을 입었을 때 에너지가 생기고, 이런 에너지는 주위의 분위기까지 환하게 만든다.

이런 면에서 덴드로비움 어메시스토글로썸과 나는 매우 닮았다. 꽃의 연노랑과 자주색 조화처럼, 나 역시 두드러지는 색상 조합을 통해 어디서든 나만의 존재감

을 드러낸다. 시골로 귀농을 결심할 때도 이러한 성격이 잘 드러났다. 신랑은 마음으로는 귀농하고 싶어했지만, 삶의 터전을 바꿔 새로운 일을 시작한다는 것은 쉽지 않은 일이라며 망설였다. 그때 내가 "나는 어디를 가든 잘 적응하니까 한번 가 보는 것도 괜찮을 것 같아."라고 말하며 신랑을 응원해 귀농 생활을 시작했다. 준비 없이 내려왔던 만큼 도전적이었던 귀농 생활 속에서 나는 마치 무인도에 홀로 선 야자나무처럼, 새로운 환경에서 굳건히 서서 나만의 세상을 만들었다.

벌써 12년이 지나고 지금도 이따금 실패를 경험하고 있지만, 그래도 긍정적인 마음으로 어려움을 이겨내며 나의 터전을 만들어 가고 있다. 또한, 화가가 되고 싶다는 꿈을 가지고 식물들을 관찰하고 식물세밀화를 그리면서 보석 같은 꿈을 피워 가고 있다.

돌이켜 보면, 도시에서의 삶과 시골에서의 삶은 전혀 다르지만, 그 둘 사이에서도 일관된 나의 모습이 있었다. 화려한 색채와 강렬한 존재감으로 자신을 표현하며 긍정적인 에너지를 발산하는 모습이었다. 이 난초가 나를 끌어당겼던 것처럼, 나 역시 그림을 그리며 사람들과 자연을 연결하는 다리가 되고 싶다.

중년의 나이가 되면서, 우리는 자신의 세상에 뿌리를 내리고 줄기를 뻗고, 잎을 펼치고, 보석 같은 꽃을 피우는 과정에서 아름다움을 발견하게 된다. 이러한 경험을 통해 타인의 세상 속에서도 아름다움을 알아볼 수 있는 지혜가 생기는 것 같다.

화려함으로 유혹

복주머니난 (Cypripedium macranthum Sw.)

식물의 화려한 외관은 곤충을 부르기 위한 생존 방법이다. 쨍한 색감이나 독특한 모양을 가진 꽃은 곤충뿐만 아니라 사람의 시선마저 붙들곤 한다. 복주머니난*(Cypripedium macranthos Sw.)*은 제주도와 울릉도를 제외한 전국에 분포해 있지만, 아름다운 외관 때문에 무분별한 채취로 개체 수가 줄어들고 있다.

복주머니난의 화려함을 조금 더 살펴보면, 모양은 독특하긴 하나 색은 단순한 편이다. 꽃을 그릴 때 얇고 가는 붓으로 아주 조금씩 칠한다. 잎에 달린 작은 솜털까지 하나하나 새긴다. 그제야 비로소 꽃잎의 주름이 보이기 시작한다. 진한 분홍빛의 그물이 오밀조밀하게 짜여 있었다. 단조로운 색들의 조합이 화려한 무늬를 만들었다. 지겹도록 봤던 꽃의 새로운 모습을 알게 된 순간이었다. 서서히 가까이 다가가야 숨겨진 화려함을 찾을 수 있다는 것이다.

모두가 화려함을 품고 있다. 화려함이 숨어 보이지 않는다는 것은 세심한 보살핌이 필요하다는 의미일지도 모르겠다. 조금씩 다가가면 보인다.
화려하게 꽃 피운 모습이.

사랑의 열정

린카틀리안테 러브 패션 (Rhyncattleanthe Love Passion)

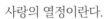사랑의 열정이란다.

내가 고른 난에 대해 검색하다가 알게 된 학명을 보고 피식 쓴웃음이 나온다. 사랑이니 열정이니 이런 단어와는 거리가 멀어진 지가 꽤 된 것 같아서다. 불타는 듯한 오렌지 컬러가 마음에 들어 골랐는데 그 이름도 역시나 불타는 듯한 사랑과 열정이라니…….

사랑이 넘치고 열정적인 난의 학명은 린카틀리안테 러브 패션(Rhyncattleanthe Love Passion)이며 1990년 도가시마(Dogashima)가 처음 만든 난초 잡종이다. 오렌지색 꽃이 무리 지어 피고 꽃잎 한가운데 살짝 늘어진 붉은 입술이 있는 게 특징이다.

처음 눈에 들어온 건 꽃이었지만 그리는 내내 시간과 에너지를 쏟아부은 부분은 뿌리다. 그림을 그리는 것도 일상과 같을 때가 있는 것 같다. 이상할 정도로 일이 술술 잘 풀릴 때가 있는 반면 아무리 노력해도 잘 안될 때도 있다. 꽃은 술술

그려 나갔는데 뿌리에서 무언가가 마음에 안 차, 시간을 많이 할애했다.

머리카락처럼 엉켜 있는 뿌리를 한참 보고 있으면 괜히 눈이 더 아픈 느낌이다. 이름은 사랑스러운 난인데, 이걸 그리느라 내 눈은 반대로 안 좋아진 느낌이다. 돋보기를 쓰고 그리다가, 쉴 때는 벗었더니, 아이가 내 그림과 난 사진을 번갈아 보며, "엄마. 눈 나빠지겠다." 말한다. 어디 눈뿐일까? 몇 시간 같은 자세로 앉아서 그리다 보면 다리도 저리고 허리도 아프다.

가만히 앉아서 집중하고 그려야 하는 세밀화. 눈이 나빠지는 건 이 일을 업으로 하는 작가들의 숙명인 것 같다. 사랑하는 그림을 더 오래 열정적으로 그리기 위해 건강관리를 잘해야겠다.

건강하자. 오래오래.

난도, 나도.

nature

자연

≫ 김수연

너를 찾아서

브라시도메사 젱 웬 스팟 *(Brassidomesa* Tzeng–Wen Spot)

그리기 위한 첫걸음, 관찰

식물을 그리다 보면 쉽게 구할 수 있는 대상을 접할 때도 있지만, 대부분의 경우 원하는 식물을 찾아 헤매야 하는데, 때로는 특정 기관과 협업하여 목표하는 식물을 정하기도 한다. 그러면 가장 먼저 해야 할 일은 선택한 식물이 정확한 식별과 표준에 부합하는지, 건강한지 그 식물을 공부하고 확인하는 것이다. 식물은 살아있는 생명체이기 때문에, 그 환경에 따라 같은 종이라도 차이가 있거나, 흙의 성분에 따라 색상이 차이를 보이는 경우도 있다. 또, 아무래도 자생지의 식물은 사람이 관리하는 식물과 차이를 보이기도 한다. 식물을 선택하고 관찰할 때 그런 차이를 인지하고 선택하며 정확히 그리지 않으면 실제 식물과는 다른 인상을 줄 수 있다.

언젠가 야외에 함께 관찰 스케치를 나간 한 학생이 "작가님, 이 식물은 원래 잎맥이 보라색인가요?"라고 나에게 물어본 적이 있다. 그 식물은 병충해를 입은 상태였다. 이런 상황을 피하기 위해서는 건강하고 표준에 가까운 개체를 신중하

게 선택해야 하며, 식물에 대한 지식을 갖고 선택한 식물을 오랜 시간 관찰해야 한다. 어떤 식물은 한 생애를 그리기 위해 몇 년을 관찰하기도 한다. 자연은 하루하루가 다르고, 관찰 중인 식물이 훼손되기도 하므로, 지속적인 살핌이 필요하다.

한번은 특정 식물을 찾기 위해 산속으로 혼자 들어갔다가 길을 잃은 적이 있었다. 고백하건대 나는 엄청난 길치이다. 그런 길치가 용감하게도 좌표 하나만 믿고 지도 앱에 의존해 산행을 시작했다. 자생지 특성상 길이 아닌 경우가 대부분이지만, 그 앱은 나를 인적이 드물다 못해 험난한 곳으로 안내했고, 심지어 낭떠러지를 지나가라는 안내까지 나왔다. 사람이 나왔어도 무서웠겠지만, 혼자 산길을 헤맬 땐 두려웠다. 거기에 더해, 끝내 정상에 올랐을 땐, 핸드폰 신호마저 닿지 않는다는 사실을 깨달았다.

이러한 상황에서 나는 몇 가지 중요한 교훈을 얻었다.
1. 산은 새벽 일찍 사람들이 다닐 때 간다.
2. 사람들이 다니는 길을 최대한 이용해서 간다.
3. 어디에 어떤 경로로 가는지 미리 주변에 알려야 한다.
4. 되도록 누군가와 함께 간다.

그러나 이것과 다른 난감한 경험은 난초와 관련된 것이었다.

난초, 마법 주문 같은 이름과 복잡한 족보

식물원에 아이들과 함께 가면, 식물 이름을 물어보곤 한다. 그런데 난초의 이름은 아이들에게도 나에게도 낯설고 특이했다. 심지어 "해리포터에 나오는 마법 주문 같다."고 말할 정도였는데. "브라시도메사 젱 웬 스팟~" 마법 지팡이를 흔들며 이 난초의 이름을 리듬감 있게 외치면, 정말 마법 주문을 말하는 기분이 들었다.

실제로 여럿 앞에서 해봤는데 다들 속았다.

골라 온 난초가 원종이 아닌 교잡종이라는 사실을 알게 되었을 때, 나는 난초의 족보를 캐내기 위한 탐구를 시작하게 되었다. 난초의 어머니와 아버지, 조부모까지 추적하는 과정은 복잡했다. 교잡종이 많아질수록 난초의 정확한 학명을 파악하는 것은 더 어려워진다. 난초의 이름은 만든 농장이나 발견자의 이름, 그리고 그 식물의 색상이나 특징이 반영되기도 한다.

영국왕립원예협회(RHS)에 브라시도메사 젱 웬 스팟(*Brassidomesa* Tzeng-Wen Spot)이라는 이름으로 등록된 이 난초의 등록 정보를 보면 브라디시도메사 (*Brassidomesa* (Bdm.) 속이며 온씨데사 마카리이 x 브라시아 렉스(*Oncsa.@* Makalii x *Brs.@* Rex) 부모를 가진다. 여기서 두 부모는 교잡종이다. 최종적으로 종 구성은 브라시아 기레우디아나, 브라시아 베르루코사, 고메사 사르코데스, 온씨디움

마크라툼(*Brs.@gireoudiana* + *Brs.* verrucosa + *Gom.* sarcodes + *Onc.* maculatum)이다. 이 식물은 2000년도에 왕친티엔(Wong Ching-Tien)이라는 사람 혹은 농장에 의해 만들어져 등록되었다.

족보를 캐내며 누굴 닮았나? 찾아 보는 재미도 있었다.

학명의 중요성과 복잡함

그리는 식물의 학명을 정확히 알아야 하는 이유는 그 속과 종, 특징 등을 제대로 이해하고 표현하기 위해서다. 그러나 난초의 학명은 속명, 종명, 약칭, 교배명, 수상 이력, 만든 농장의 이름 등으로 너무나 복잡하다. 시간이 지남에 따라 새로운 난초들이 계속 만들어지고 있는데 정식 등록되지 않은 경우는 더 파악하기 힘들었다.

다행히 '브라시도메사 젱 웬 스팟'은 정식으로 이름이 등록된 난초였다. 하지만 그렇지 않은 난초들도 많았다. 농원에서 들여 온 난초의 이름이 명확하지 않거나, 같은 난초임에도 다른 나라에서 들어와 상이한 이름으로 불리는 경우도 있었다. 심지어 부모의 식물 속명이 바뀌어 품종이 바뀌기도 하고 천연 잡종으로 인정되어 정식 종명으로 바뀌는 것들도 있었다. 난초의 정확한 학명을 파악해야 그 식물을 제대로 돌

보고, 그림을 그릴 수 있다. 만약 내가 그리는 난초의 족보가 불투명하다면, 그 것이 다른 속으로 오인되어 잘못된 생육환경으로 보살펴 죽게 되거나, 그렸지만 알 수 없는 난초가 되어 버릴 가능성도 있다. 이런 결과를 생각하면 등골이 서늘해진다.

식물을 그린다는 것은 단순히 아름다운 식물을 그리고자 하는 것이 아니다. 그 것은 그 식물을 이해하고 탐구하며 자연과 함께 살아가고자 하는 응원이다. 난초 학명의 복잡한 관계 속에서, 나는 이 식물의 진정한 정체성을 찾아내고자 하는 열망을 품게 되었다. 그 과정은 어려웠지만, 식물과 깊은 관계를 맺게 해 주었고 더 잘 그리고 싶은 마음을 갖게 해 주었다.

밤의 요정

린코보라 지미니 크리켓(Rhynchovola Jimminey Cricket)

자연의 신비로운 예술 작품인 난초. 그중에서도 린코보라 지미니 크리켓(*Rhynchovola* Jimminey Cricket)은 특별한 존재감으로 내 마음을 사로잡았다. 이 아름다운 꽃은 마치 두 세계의 완벽한 조화를 보여 주는 듯하다. 향기로운 아버지 린코랠리아 딕비아나(*Rhyncholaelia digbyana*)와 우아한 어머니 브라사볼라 노도사(*Brassavola nodosa*)의 혈통을 이어받아, 그 존재 자체로 자연의 경이로움을 증명하고 있는 듯하다.

처음 이 난초의 봉우리를 보았을 때, 나는 그저 작고 뻣뻣한 녹색 막대기처럼 보이는 그것이 어떤 모습으로 변할지 상상조차 할 수 없었다. 하지만 시간이 지나 꽃이 활짝 피었을 때, 그 변화에 깜짝 놀랄 수밖에 없었다. 마치 마법과도 같은 변신이었다. 뻣뻣하던 봉우리는 우아한 곡선을 그리며 화려한 활 모양의 아치로 변해 갔다.

그 모습은 마치 우아한 발레리나의 동작을 연상케 했다. 앞으로 향한 입술 꽃잎(Labellum)은 발레리나의 고개를 떠올리게

하고, 뒤로 활짝 펼쳐진 꽃받침(Sepals)과 꽃잎(Petals)들은
마치 우아하게 뻗은 팔과 같았다. 이 모든 요소가
조화롭게 어우러져 린코보라 지미니 크리켓만
의 독특한 자태를 만들어냈다.
색상 또한 눈을 뗄 수 없게 만든다. 은은한 상아색과 연한 연두색의 조화
는 마치 갓 자른 라임의 속살을 보는 듯한 느낌을 준다. 이 청초하고 우아
한 색감은 보는 이의 마음을 편안하게 해주며, 동시에 신비로움을 자아낸다.

이 난초의 매력은 단순히 시각적인 아름다움에 그치지 않는다. 해 질 녘부터 새
벽까지 퍼지는 은은한 감귤 향은 마치 밤의 요정이 속삭이는 비밀 같다. 이 향기
는 암술에 화분을 옮겨 줄 나방을 유혹하기 위한 것이라고 하지만, 나에게는 마
치 은밀한 사랑의 밀회를 연상케 해 주었다.

린코보라 지미니 크리켓을 바라보고 있노라면, 자연의 섬세함과 우아함 그리고
신비로움을 동시에 느낄 수 있다. 이 난초는 단순한 식물이 아니라 살아있는 예
술 작품이며, 자연의 완벽한 설계를 보여 주는 증거다. 그 존재만으로도 우리에
게 경이로움과 감동을 선사하는 린코보라 지미니 크리켓. 이 아름다운 난초를
통해 나는 자연의 신비로운 아름다움을 다시 한번 깨닫게 되었다.

생명의 힘과 아름다움

막살라리아 소프로니스트(Maxillaria sophronitis)

자연은 언제나 우리에게 많은 것을 선물한다. 그중에서도 난초는 그 아름다움과 독특함으로 많은 이들의 마음을 사로잡는다. 난초는 일반적으로 사람에게 안정감과 긍정적인 에너지를 주는 것으로 알려져 있다.

막살라리아 소프로니스트(*Maxillaria sophronitis*)라는 이름을 처음 들었을 때, 그 이름 속에 담긴 낭만적인 느낌에 매료되었다. 마치 소프라노의 고운 음색을 연상시키는 이 난초는 그 이름만큼이나 우아하고 매혹적이다. 막살라리아 소프로니스트를 처음 마주했을 때, 그 작은 꽃 속에 담긴 무한한 아름다움에 감탄하지 않을 수 없었다.

막살라리아 소프로니스트는 화려한 색상과 독특한 형태로 눈길을 끈다. 이 난초는 주로 열대 지역에서 자생하며, 생명력이 강하고 아름다움은 뛰어나다. 처음 이 난초를 접했을 때, 그 환상적인 모습에 매료되었다. 세밀한 꽃잎의 패턴과 그 안에서 피어나는 미세한 세부 구성들은 마치 자연이 빚어낸 예술 작품 같았다. 밝은 주황색과 붉은빛이 어우러진 꽃잎은 마치 작은 불꽃처럼 보인다.

이 작은 꽃이 주는 생명력과 아름다움은 그 어느 것과도 비교할 수 없다. 꽃잎의 중앙에서부터 퍼져 나오는 미세한 결들은 자연의 정교함을 보여주며, 그 주위에 배치된 다른 꽃들과의 조화는 더욱 눈길을 끈다. 이러한 아름다움은 난초의 색상과 형태가 어우러지는 경이로움을 다시금 일깨워 주었다.

보태니컬아트 작업은 인내와 집중을 요구한다. 작은 부분 하나라도 놓치지 않기 위해 끊임없이 주의를 기울여야 한다. 난초를 그리기 위한 식물세밀화의 과정은 고요한 명상과도 같다. 자연을 관찰하고, 그 안에 숨겨진 이야기를 찾고 꽃잎 하나하나를 그려가며, 난 속에 담긴 생명력과 아름다움을 느낀다.

막살라리아 소프로니스트의 섬세한 구조를 이해해 가는 과정에서, 자연의 오묘함과 조화로움을 깨닫게 된다. 이 난의 꽃은 매우 작고 섬세한데 촉감은 실크처럼 부드럽고, 빛을 받을 때는 미묘하게 색이 변한다. 이 모든 디테일을 놓치지 않기 위해 꽃잎의 결 하나하나를 세밀하게 신경 써 그려나갔다. 이 과정에서 나는 이 난초가 가진 섬세함과 그 안에 담긴 생명력을 깊이 느낄 수 있었다.

난초는 그 자체로도 아름다움을 제공하지만, 사람에게 주는 긍정적인 영향은 그 이상이다. 연구에 따르면, 식물을 돌보는 행위는 스트레스를 줄이고, 정신적인 안정감을 주는 데 큰 도움이 된다고 한다.

막살라리아 소프로니스트를 그리면서 느낀 감정과 생각들은 나의 작업에 깊이를 더해 준다. 내가 그린 식물세밀화는 자연과의 소통을 담고자 한다. 난초를 통해 얻은 영감은 창작 활동에 큰 영향을 미쳤고, 작품에 새로운 차원을 더해 준다.

≫ 김윤정

백로를 닮은 꽃

해오라비난초(Habenaria radiat)

　　　　해오라비난초(Habenaria radiat)는 일상에서 만나기 힘든 식물이다. 수원시, 정선과 강원도 일대 등 자생지가 다섯 군데 정도만 남아 있다. 수원 시내에서는 '일월수목원'에서 이 난초를 만날 수 있다.

꽃이 해오라기를 닮아 이런 이름이 붙었나 하고 새의 모습을 찾아보았지만 해오라기보다는 백로를 닮았다. 하얀 털의 깨끗하고 우아한 이미지의 백로는 사실 환경 변화에 적응력이 높아 오염된 곳에서도 잘 산다. 그래서 도시의 하천에서도 가끔 볼 수 있다.

그에 비해 해오라비난초는 멸종위기종이다. 아름다운 꽃의 모양으로 인해 사람

들이 무분별하게 채취를 일삼고 습지 개발에 따른 서식지의 소실로 자연생태계에서는 보기 힘들어졌다.

이 난초의 적정 생육 온도는 15~20도이다. 시원하고 습지인 곳, 아마 산속 시원한 나무 그늘에 계곡물이 흐르는 곳에서 살고 있지 않을까 상상해 본다.

꽃은 7~8월인 여름에 피고 곧게 뻗은 줄기 끝에 한두 개의 꽃이 핀다. 꽃의 폭은 3cm 정도이며 길이가 4cm 폭이 2mm 정도의 비교적 길고 가느다란 '거*'를 가지고 있다. 이 난초의 입술꽃잎은 놀랍도록 새의 모습과 닮아 있는데 두 장의 곁 꽃잎은 새의 꼬리, 가늘고 긴 거는 새의 다리를 연상시킨다. 꽃술대의 정면마저 새의 얼굴처럼 생겼다.

해오라비난초의 총길이는 15~40cm이며 잎의 길이나 폭, 꽃의 크기가 난초의 키에 비해 비교적 작고 아담한 느낌을 주었다.

꽃이 필 때는 쌀알만큼 작은 꽃봉오리로 시작해 꽃봉오리가 통통하게 부풀다가 마치 새가 날개를 펴는 것처럼 순식간에 꽃이 핀다. 꽃이 시들 때는 해오라비형의 입술 꽃잎부터 갈색으로 시든다.

꽃이 지고 9월 말경에 열매가 갈색으로 변하면 채취하여 유성번식이 가능하고 뿌리를 떼어 내 분구번식도 가능하다. 해오라비난초의 뿌리 끝에는 알줄기가 달려있고 한 개의 모구에서 2~3개의 신구를 형성한다. 줄기의 맨 아래쪽, 뻗어나간 땅속줄기 끝에 한 개씩 새로운 구가 형성되고 이것을 분리해서 심어 준다.

종자를 파종하면 자력으로 발아가 가능하고 분구번식도 가능한 해오라비난초가 어쩌다 멸종위기야생생물2급으로 지정되었을까. 무분별한 채취와 서식지의 파괴 그리고 지구 온난화도 한몫하였을 것 같다.

요즘 한여름 기온은 40도 가까이 치솟는다. 변화된 기후로 인해 해오라비난초뿐 아니라 수많은 식물이 지금, 이 순간에도 사라져 가고 있다.

백로를 닮은 해오라비난초가 백로와 같은 강한 생명력으로 우리 주변에서 쉽게 볼 수 있는 난초가 되기를 바란다.

* 거: 꽃받침이나 꽃잎 밑부분에 있는 자루 모양의 돌기

≫ 안현미

곤충을 유혹하는 황금빛 무희

온시디움 스파세라툼 *(Oncidium sphacelatum)*

식물은 종자 번식을 위해 바람, 곤충, 새 등의 다양한 매개체의 도움을 받아 수분을 하는데, 난초의 꽃도 다채로운 형태와 색상, 향기로 그들을 유혹한다.

온시디움 스파세라툼*(Oncidium sphacelatum)*은 밝은 노란색 꽃으로 벌을 끌어 들여 꽃가루를 운반하도록 유도한다. 이 난초의 꽃잎에는 적갈색 문양이 있어, 바람에 흔들릴 때 벌들이 말벌로 착각하게 만든다. 벌들이 꽃을 공격하는 과정에서 자연스럽게 꽃가루가 묻게 되는 것이다. 이런 정교한 방식들은 매번 놀라움을 자아낸다.

주로 아메리카 대륙에 분포하며, 열대의 바닷가부터 고산지대까지 다양한 서식지에서 나무나 바위에 착생하는 온시디움은 원종만 해도 330종에 이른다. 큰 나무 아래 줄기에 붙어 아롱거리는 햇빛과 나뭇가지 사이로 부는 바람을 맞으며 자라는 난초의 모습이 참 인상 깊다.

온시디움의 꽃은 긴 꽃대에 여러 개의 꽃자루가 어긋나게 달리며, 밑에서부터 순차적으로 피어난다. 꽃줄기에 하나씩 춤추듯 피어나는 꽃들은 보는 이의 마음을 즐겁게 하는 힘이 있다. 가까이서 보면, 신기하게도 꽃 한 송이, 한 송이가 마치 춤추는 무희를 닮아서 스리랑카에서는 '캔디언 댄서 난초(Kandyan dancer orchid)'라고 부른다.

남자 댄서가 화려한 의상의 옷을 입고 드럼 연주에 맞춰 전통춤을 추는데 꽃과 정말 비슷한 모습이다. 무희의 뾰족한 머리 장식은 꽃잎, 양팔을 벌린 모습은 꽃받침조각, 주름진 치마를 펼친 모습은 입술꽃부리와 절묘하게 일치해 보여 꽃을 보는 즐거움을 더해 준다.

온시디움 외에도 곤충을 유혹하기 위해 신비롭고 재미있는 모양을 지닌 난초들이 많이 있다. 원숭이 난초(Dracula Simia)는 꽃잎과 입술의 배열이 원숭이 얼굴을 쏙 빼닮아 귀여운 인상을 준다. 또 꿀벌 난초(Ophrys apifera)의 꽃은 보송보송한 털, 색과 형태 그리고 페르몬 냄새까지 암컷 꿀벌을 완벽히 모방하여 수컷 꿀벌을 유인한다.

이외에도 날아다니는 오리 난초(Caleana major), 천사 난초(Habenaria grandifloriformis), 그리고 우리나라에서 볼 수 있는 해오라비 난초(Habenaria radiata) 등, 독특한 모습과 재미있는 별명을 지닌 난초들이 흥미롭다. 이처럼 꽃들은 곤충을 유혹하기 위해 각양각색의 형태로 진화했지만, 그 매력에 가장 깊이 빠지는 것은 어쩌면 사람일지도 모른다.

난초들의 특성들을 하나씩 알아갈수록 이 식물이 가진 놀라운 적응력에 더욱 깊이 매료된다. 난초를 사랑하는 이들이 많은 이유도 여기에 있는 것이 아닐까.

소중하게

광릉요강꽃 (Cypripedium japonicum Thunb.)

광릉요강꽃(Cypripedium japonicum Thunb.)은 복주머니난과 마 찬가지로 무분별한 채취로 인해 경기도, 강원도, 충청북도, 전라북도, 전라남도 일부 지역에서 소수 집단만을 볼 수 있다. 우리나라에서 볼 수 있는 난초과 식물 중에서 가장 크고 화려한 꽃을 자랑하기 때문이다. 넓고 주름진 두 개의 잎이 중 앙의 꽃을 감싼 모습은 한복 치마가 퍼진 것처럼 보여 마치 춤을 추는 듯하다.

그 아름다운 모습을 그린다는 생각에 처음엔 신이 났지만, 그림으로 그려내는 것은 절대 쉬운 여정이 아니었다. 아주 작은 솜털을 표현하기 위해 가느다란 세 필(細筆)은 바쁘게 움직였고, 복잡한 점무늬를 표현하기 위해 신중하게 움직이기 도 했다.

그러다 붓을 움직일 수 없는 순간이 왔다. 꽃에서 너무 많은 색이 보여 어떤 색으로 칠해야 할지 확실하게 정할 수 없었다. 흰색, 분홍색, 자주색, 회색이 모두 보였다. 기나긴 고민 후에 끝내 답을 내리지 못하고 잠시 붓을 내려 놓았다. 사진 속 꽃잎 하나만을 바라보다 조금 더 멀리서 식물을 바라보면 주변 꽃잎이나 잎, 줄기가 어우러진 꽃 한 송이가 보인다. 꽃은 주변과 어우러져 색이 오묘하게 섞여 있었다.

그렇게 전체적인 조화를 생각하며 색을 칠하기 시작했다. 마구잡이로 무리 지어진 색들의 연결고리를 만들어주었다. 그렇게 그림을 완성할 수 있었다. 모든 것들이 연결되어 있다는 점을 명심해야 한다. 각 부분을 따로 본다면 이해하지 못하는 부분이 생기기 마련이기 때문이다.

아름다움과 유용성

자란 (Bletilla striata (Thunb.)Rchb.f.*)*

여러 해 동안 너를 보았지만, 이제서야 네 아름다운 모습을 화지에 담아냈다. 초봄에 땅속에서 솟구치는 새싹을 보며 어떤 모습으로 생장할까, 궁금해했었다.

시간이 흐를수록 잎이 넓고 길게 자란다. 조금 동그랗고 약간 단단한 느낌의 잎들이 자라며, 꽃대가 솟아나 자색 꽃봉오리들이 달린다. 아랫부분부터 피어나는 꽃들은 고요한 난초의 성격을 보여 주며 내면을 감추는 듯한 아름다운 모습을 보인다.

자란(*Bletilla striata* (Thunb.)Rchb.f.)의 꽃을 바라보면 마젠타에 속하는 색감이 떠오른다. 우리나라의 자생식물이며 뿌리가 약재로 사용된다고 한다. 아름다움과 유용성이 결합한 모습이다.

성격 좋은 사람이 아름답고 능력까지 있으면 인기도 많을 것이다. 자란도 아름다운 외관에 다양한 쓰임새까지 있어 인기가 많은 듯하다.

앞으로 외면과 내면의 아름다움을 고루 갖춘 사람을 만나면 "당신은 자란 같은 사람입니다."라고 말해줘야지, 생각하며 한 송이 한 송이 회색빛 스케치에 마젠타 색을 입혀 나갔다.

≫ 최미림

벼 이삭 닮은 꽃봉오리

덴드로비움 크리스탈리눔 (Dendrobium crystallinum)

빛나는 수정 덴드로비움!

덴드로비움 크리스탈리눔(Dendrobium crystallinum)은 그 이름처럼 크고 반짝이는 흰색 꽃으로 꿀에 비유되는 기분 좋은 향기를 가지고 있다.

이 난은 해발 700~1,700m 산악림의 작은 나무줄기 위에 자생하며 봄과 여름에 꽃을 피우기 위해 건조한 겨울에는 휴식을 필요로 한다. 자연에서는 주로 아침 이슬이 많이 내리는 지역에서 자생한다.

'Dendron'은 나무를 뜻하며 'Bios'는 생활을 뜻한다고 한다. 그래서 그런지 줄기는 나무 기둥을 닮았다. 나무 기둥을 닮은 줄기에 알알이 매달린 터지기 직전의 꽃봉오리는 벼 이삭 같다.

줄줄이 매달린 꽃봉오리 중의 하나가 터지기 시작하면 옆의 꽃봉오리들도 경쟁하듯이 꽃을 피운다.

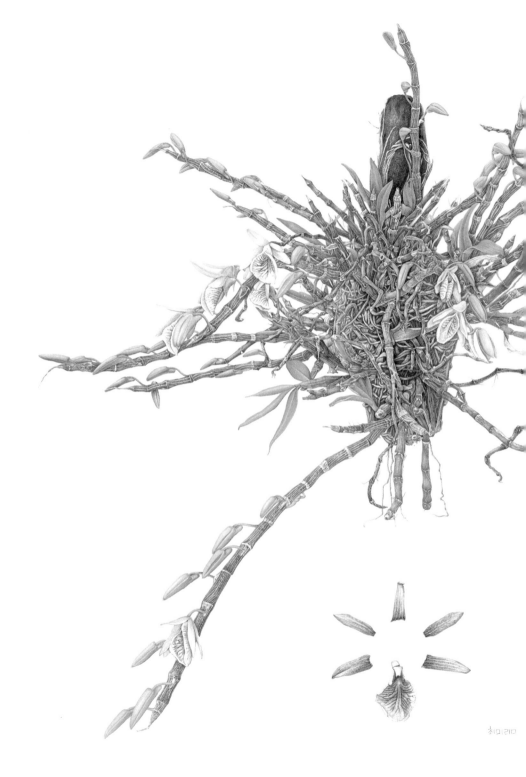

최미라

난의 학명을 찾다 보면 학명이 하나같이 난의 외향이나 분위기를 닮아 신기하다. 덴드로비움 크리스탈리눔의 꽃도 역시나 '보석' 같고 '크리스털' 같다. 꽃 색이 유리 같아서 이름과 똑 닮았다. 크고 화려한 꽃들 사이에서 튀지는 않지만 아름답다. 그래서 이 난도 나와 잘 만났다, 싶었다.

식물은 알기 전에는 무의미하게 느껴지지만, 그림을 그림으로써 유의미한 존재가 된다. 그것도 아주 크고 무겁게. 식물이, 난이 나에게 오면 나 역시 무의미에서 유의미한 존재가 되는 것 같다.

서로에게 의미가 되고, 쓸모가 되고, 중요한 것이 되자.

나는 너에게, 너는 나에게, 우리 토닥여 주고 위로해 주자.

서로 등 맞대고, 기대자구나.

쓰러지지 않게.

조화

≫ 신미영

강렬함과 우아함의 조화

덴드로비움 네스터 레드드래곤(Dendrobium Nestor 'Red Dragon')

덴드로비움 네스터 레드드래곤(Dendrobium Nestor 'Red Dragon')
이라는 이름을 처음 들었을 때, 마치 신화 속 용을 떠올리게 하는 강렬한 이미
지가 떠올랐다. 그러나 실제로 이 난초를 마주하자, 그 우아함과 섬세함이 더
먼저 시선을 붙들었다. 이 난초는 생명력과 아름다움으로 가득 차 있다. 덴드로
비움 네스터 '레드드래곤'을 그리는 순간마다, 그 특별한 매력에 깊이 빠져드는
이유다.

꽃잎의 중앙에서 퍼져 나오는 자줏빛 색조는 불꽃의 중심을 연상시키며, 그 주
위에 배치된 핑크색 꽃잎과 대조를 이루어 더욱 눈길을 끈다. 이 난초를 그리면
서 나는 매 순간, 자주색과 핑크빛이 서로 어우러지는 조화로움을 느꼈다.

이러한 색상의 조화는 그 색을 어떻게 표현할지 고민하게 만든다. 나는 언제나
자연의 색을 그대로 재현하고자 노력하지만, 이 난초의 색은 그 어떤 색보다도
생생하고 우아한 느낌을 잘 표현해야 하는 어려움이 있었다.

덴드로비움 네스터 '레드드래곤'을 식물세밀화로 담아내는 과정은 나에게 있어서 새로운 도전이었다. 작은 꽃잎 하나하나에 숨겨진 세세한 결을 표현하기 위해 수없이 많은 붓질을 반복했다. 꽃의 형태와 색상을 정확하게 재현하기 위해서는 많은 인내와 집중력이 필요했지만, 그 과정이 있었기에 이 난초가 가진 우아한 아름다움을 새롭게 발견할 수 있었다.

보태니컬아트는 단순한 그림이 아니다. 식물의 생명력과 이야기를 함께 담아내는 작업이다. 관찰을 통해 식물의 구조와 특성을 이해하고, 그 아름다움을 화폭에 옮기는 데 열중한다. 덴드로비움 네스터 '레드드래곤'은 그 자체로 이미 매혹적인 작품이지만, 그리기 위해 가까이 다가가면 그 속에는 더 많은 이야기가 담겨 있다.

나는 이 난초를 그리면서 단순히 외형을 재현하는 것을 넘어 그 안에 담긴 생명력을 표현하고자 했다. 덴드로비움 네스터 '레드드래곤'은 단순히 보기 좋은 꽃이 아니다. 자연의 신비로움과 생명의 힘을 느끼게 하는 건 물론, 그 우아한 색상과 형태는 꽃을 보는 이에게 신비로운 느낌까지 들게 한다.

이 난초를 그리는 동안 많은 생각에 잠겼다. 왜 우리는 이렇게 작은 꽃 한 송이에 매료되는 것일까? 그것은 아마도 그 안에 담긴 자연 속 강렬한 생명의 힘을 느낄 수 있기 때문일 것이다. 덴드로비움 네스터 '레드드래곤'은 그 우아한 색상과 형태를 통해 우리에게 자연의 아름다움과 생명의 소중함을 일깨워 준다.

이 난초를 그리면서, 내 삶과 작품 활동에 대한 새로운 시각을 갖게 되었다. 덴드로비움 네스터 '레드드래곤'은 나에게 그러한 보태니컬아트의 의미를 다시 한번 깨닫게 해 준 소중한 존재이다. 이 난초와의 만남이 내 작품과 삶에 깊은 영감을 주었음을 글로 남긴다.

황야에 핀 화려한 미소

아룬디나 그라미니폴리아(Arundina graminifolia)

카틀레야와 비슷한 꽃을 가진 아룬디나 그라미니폴리아 *(Arundina graminifolia)*는 흥미롭게도 영어 이름이 'Bamboo orchid' 즉, '대나무 난초'라는 이름을 가지고 있다.

언뜻 보기에 대나무와는 전혀 닮아 보이지 않지만, 꽃이 지고 열매를 맺고 난 후의 마디 줄기와 창처럼 뾰족한 잎은 갈대 또는 대나무의 모습을 연상시킨다. 이런 이유로 '대나무 난초' 혹은 '갈대 난초'로 불리기도 하지만, 꽃을 살펴보자면 비교할 수 없을 정도로 화려한 외관과 향을 자랑한다.

아룬디나의 꽃은 5~8cm의 크기로 줄기의 꼭대기에 무리 지어 자란다. 대부분 분홍색이나 보라색이 많지만, 흰색, 노란색의 변종도 있다. 일 년 내내 간헐적으로 피며, 특히 봄과 여름에 가장 많이 개화한다고 한다.

열대 아시아 기후 지역인 말레이시아, 필리핀 등에서 주로 자생하는 이 난초는 척박한 환경에서도 일단 자리를 잡으면 여러 해 동안 쉽게 꽃을 피우는 특징을

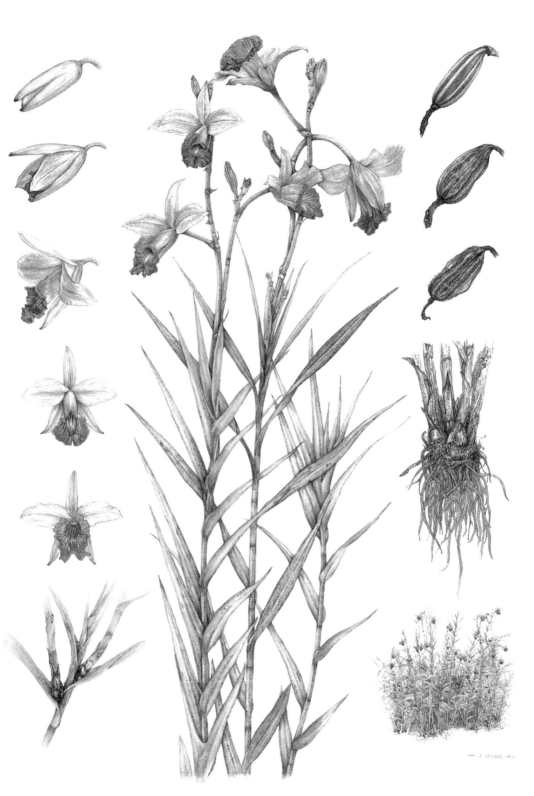

아룬디나 그라미니폴리아(Arundina graminifolia)

가지고 있다.

말레이시아에서는 숲을 개간한 땅이나 고속도로 경사면에서 야생으로 자라며 군락을 이루는 모습을 쉽게 볼 수 있다. 아룬디나 난초가 땅에서 자라는 자생란이며, 까다롭지 않은 성질 덕분에 이런 환경에서도 잘 자랄 수 있는 것이다. 도로변에서 야생으로 자라는 이 화려하고 이국적인 꽃을 만난다면 누구나 걸음을 멈추고 그 아름다움에 매료될 것이다.

아룬디나는 그 강인한 생명력 덕분에 열대 아시아 지역의 공원이나 정원에서 사랑받으며 자주 심어지는 식물이다. 마치 우리나라에서 사철나무나 회양목이 널리 심어지는 것처럼 말이다. 일부 기후 조건이 맞는 지역에서는 주택 울타리로 아룬디나를 심기도 한다. 약 70cm~2m까지 자라고, 군락을 이루는 특징이 있어 울타리 역할로 훌륭하다. 튼튼하고 생기 넘치는 잎과 함께 피어나는 아름답고 향기로운 꽃들은 사생활을 적절히 보호하면서도 이웃의 얼굴을 문득문득 보

여주어 그 자체로 여느 칙칙한 벽돌 담장보다
훨씬 더 보기 좋은 역할을 한다.

사람들 사이에서도 서로의 사생활을 존중하면서
정을 나눌 수 있는 적당한 거리를 유지하는 것이
중요하다. 하지만 상대에 따라, 또 상황에 따라 변
할 수 있는 마음의 울타리는 잘못 가늠한 거리로 서
로의 감정을 해치는 경우도 많다.

나 또한 엄마로서 자녀가 쳐 놓은 울타리 너머로 더 다가
가고 싶은 마음이 크지만, 커 가는 자식들은 점점 더 멀리
경계선을 세운다. 우리는 가까운 사이일수록, 그 익숙함
때문에 마음의 거리를 조절하는 것이 힘든 것 같다.

황야에서도 무리를 이루며 화려한 미소를 꽃피우는 아룬디나 그라미니폴리아
에게서 서로를 존중하며 조화를 이루는 모습을 배운다. 욕심 내지 않고 서로의
마음속 울타리를 배려하며 건강한 관계를 유지한다면, 우리의 곁은 향기로움으
로 가득 찰 수 있을 것이다.

작은 꽃의 큰 울림

에피덴드룸 오렌지(Epidendrum Hybrid 'Orange')

나는 식물을 키우는 데 소질이 없다.

생명력이 강한 식물이 아니라면 나의 베란다 정원에서 살아남기란 여간 어려운 일이 아니다. 화창한 어느 봄날 방문했던 난초 농원에서 유독 나의 시선을 사로 잡은 난초가 있었다. 길고 가느다란 줄기 위에 노란 새가 날갯짓하듯 활짝 펼쳐 진 모양의 작은 꽃들이 마치 하나의 꽃다발처럼 모여 피어나는 에피덴드룸 오렌 지(*Epidendrum* Hybrid 'Orange')라는 이름의 난초였다.

"초보자도 쉽게 키울 수 있고, 한 해에 여러 번 꽃을 볼 수 있다"라는 말에 마음 이 끌려, 난초 세 개를 사서 집으로 돌아왔다. 며칠이 지나자, 맺혀 있던 꽃들이 하나둘씩 활짝 피어나기 시작했다. 작은 꽃들은 소박했지만, 모여서 피어난 모 습은 그야말로 화사했다.

꽃이 활짝 핀 모습을 보니 더욱 욕심이 생겨, 물을 주고 정성을 쏟았다. 하지만 얼마 지나지 않아 잎이 누렇게 변하기 시작했다. 물을 너무 많이 줬던 걸까? 온

도가 적절하지 않았던 것일까? 가슴이 철렁 내려앉았다. 이 난초는 죽이기도 어렵다는 말을 들었는데, 나는 그 어려운 일을 해내고야 만 것이다. 결국 누렇게 변한 잎들은 모두 떨어지고, 겨우 어린 잎 몇 개만 살아남았다. '너희도 주인을 잘못 만나 고생이 많구나.'라는 생각이 들었다.

바쁜 일상에 난초 돌보는 것도 잊고 지내던 어느 날, 문득 화분을 보니, 어린잎들이 조금씩 자라고 있었다. 내가 잠시 관심을 놓은 사이, 난초는 스스로 다시 살아날 힘을 찾은 듯했다. 식물을 키울 때 관심을 가지는 것은 당연한 일이지만, 이 아이를 키우면서 과도한 관심은 오히려 해가 될 수 있다는 것을 배웠다. 식물뿐만 아니라 사람도 마찬가지 아닐까? 지나친 관심은 때로는 부담이 되어, 오히려 그들의 성장과 행복을 방해할 수 있다는 것을 깨닫게 되었다.

아직도 내 베란다 정원을 환하게 밝히는 에피덴드룸 오렌지를 바라보며, 나 역시 이 아이와 마찬가지로 자연이 허락한 시간과 순리에 따라 살아가는 존재임을 느낀다.

공진화(共進化)의 관계

다윈난 (Angraecum sesquipedale Thouars)

다윈난의 학명은 '앙그라이쿰 세스퀴페달레*(Angraecum sesquipedale* Thouars)'이지만 영국의 생물학자 찰스 다윈이 발견하여 연구에 이용하면서 '다윈난'으로 불리곤 한다.

이 난초는 약 20~30cm에 달하는 유난히 긴 꿀샘을 가지고 있다. 다윈은 긴 꿀주머니 속 꿀을 먹을 수 있는 곤충이 존재할 것이라고 추론했고 다윈 사망 41년 후, 20cm 이상 긴 주둥이를 가진 나방이 실제로 발견되었다. 꽃은 겨울에 별 모양으로 피는데, 그 모습이 마치 크리스마스트리와 같다고 하여 일명 '크리스마스난'이라 불리기도 한다.

다윈난은 흰색의 꽃을 가지고 있다. 그림을 그리다 보면 식물 본연의 색을 그대로 묘사하여 그 자체의 아름다움을 담아내고 싶은 욕심이 생긴다. 다윈난을 그리며 그 욕심이 더욱 커졌다. 다윈난의 연둣빛과 노란빛이 조금씩 보이는 흰색의 오묘한 색감은 참 산뜻하게 아름답다.

사실 흰색이나 노란 꽃은 되도록 피하고 싶었다. 우리는 편하게 흰색이라고 부르곤 하지만 사실 꽃잎은 완전한 흰색이 아니다. 회색과 노란색, 초록색 등의 색감이 조금씩 섞여 있다. 이를 물감의 색으로 재현하기란 무척 까다롭다. 회색이 조금이라도 짙어지면 색감이 탁해서 산뜻함이 사라지고, 다른 색을 넣자니 흰색의 맑음이 옅어진다. 반복되는 조색이 유일한 방법이다.

물감을 아주 조금씩 떨어뜨리며 발색하고 찍은 사진과 비교한다. 끝없이 고뇌하고 방황한다. 이렇게 오랜 시간 동안 고민하여 그림을 그렸음에도 불구하고 아쉬움이 크다. '회색을 조금 덜어 내면 좋았겠다.', '조금 더 노란빛이 있었으면 좋겠다.' 등 후회가 밀려 온다.

원하는 목표를 이루기 위해서는 많은 고민과 연습이 필요하다. 이에는 반복되는 아쉬움이 반드시 뒤따르기에 꽤 마음이 아프기도 하다. 그러나 시간이 지남에 따라 목표는 성취되기 마련이다. 나도 언젠가 가장 아름다운 흰색을 그려낼 수 있기를 바란다.

≫ 박은희

익숙함 속에 가려진

파피오페딜룸 '피노키오'(Paphiopedilum Pinocchio)

어떤 특정한 음식만을 가려서 즐겨 먹는 것을 '편식한다'고 한다. 나 또한 모든 식물을 애정 어린 눈으로 봐야 하는 보태니컬아트 작가라는 직업이 무색하게 식물에 편식 아니, 편애가 심한 편에 속한다.

내가 좋아하는 식물은 큼직하고 화려한 느낌의 열대 식물들인데 길가에 피어난 연약해 보이고 낯익은 들풀, 야생화에는 큰 흥미를 느끼지 못한다. 난초과 식물들도 마찬가지다. 개업식, 축하 화분으로 흔하디흔하게 봐왔던 호접란은 너무도 익숙해서 무미건조하다. 예정된 프로젝트가 아니었다면, 스스로 그리고 싶은 소재 목록 하위권에나 있을 법한 난초과 식물들.

하지만 나의 이런 취향에도 변화가 생겼다. 작년 초여름, 자료 수집차 방문한 김포의 한 난농원에서 만나게 된 다양한 난초과 식물들은 나의 취향을 변화시키기에 충분했다. 이렇게나 다양하고 아름다운 식물이라니. 내가 알았던 난초 식물들은 빙산의 일각이었다.

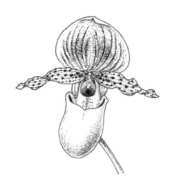

얕은 지식과 무지함에 반성하는 것도 잠시, 어느새 나는 우아한 자태로 유혹하는 다양한 희귀 난초들에 연신 셔터를 눌러대며 감탄하기에 바빴다. 최대한 더 아름답고 더 독특하고 더 매혹적인 난초를 화지에 옮기기 위해 이리저리 관찰하며 선별을 해 나가던 중, 나의 일거수일투족을 지켜 보는 한 시선이 느껴졌다.

내 눈높이 선반 위치에 앙증맞고 다양한 작은 난초들 사이, 딱 마주친 시선 – 파피오페딜룸(*Paphiopedilum* Pinocchio)이다.

처음 보는 사람들은 신기하게 볼 수도 있겠지만, 나에겐 자주 방문했던 식물원에서 흔히 보아 온 친숙하고 평범한 얼굴이었다. 이 난초는 인도와 미얀마, 인도네시아, 필리핀 등지에 약 60 여종이 자라고, 독특하게 생긴 주머니처럼 생긴 입술 꽃잎은 마치 숙녀의 슬리퍼 모양과 비슷하다고 하여 'lady's slipper'로 불리기도 한다.

줄기에 붙어있는 네임텍을 보니 파피오페딜룸 피노키오*(Paphiopedlium* Pinocchio). 'Paph. glaucophyllum x Paph. Primulimum'의 교배종이다.

익숙한 듯 뭔가 다른 느낌이었는데 입술 꽃잎의 색상은 진한 자줏빛이 도는 핑크컬러로 갸우뚱하게 살짝 기울어진 얼굴이 마치 내가 어떤 사람인지 속속들이 관찰하는 것 같았다. 오래 응시하고 보니 투구를 쓴 모습 같기도 해 만화 캐릭터인 개구리중사 케로로가 연상되기도 했다.

'그래 너로 정했어~!'

희귀하고 화려한 난초를 그려야겠다는 첫 마음과는 달리 많은 시간을 할애해서 결국 선택한 게 나름 익숙한 파피오페딜룸이라니. 왜 이 난초를 선택했을까? 뭔가 재미있는 스토리가 숨겨져 있을 것 같은 '피노키오'라는 이름 때문이었을까. 아니면 결국 외형보단 익숙함이 주는 편안함 때문이었을까.

파피오페딜룸 '피노키오'(Paphiopedilum Pinocchio)

식물세밀화는 말 그대로 식물의 특징을 세밀하게 표현해야 하기에 오랜 시간이 소요될 수밖에 없는데 이번 작품은 더 오래, 더디게 진행되었다. 일방적으로 화지에 옮기기 바빴던 다른 작업보단 왠지 이 아이는 중간중간 보듬어 주고 이야기를 들어 주며 교감하고 싶었던 것 같다.

이것을 교감이라고 거창하게 표현하긴 다소 민망하긴 하지만.
어떻게 자라왔는지, 숨겨진 비밀 얘기를 하나씩 풀어놓을 것 같은 묘한 표정이 매일, 매시간 색다른 느낌으로 다가왔다. 빨리 완성을 시켜야 하는 기한의 압박에도 불구하고 나는 느리게 작업을 진행해 나갔다. 익숙해서 잘 알고 있다는 나의 착각은 오만이었고, 익숙함 속에 가려진 아름다움은 조금씩 모습을 드러내며 매료되기에 충분했다.

이 작품의 완성작은 예상한 대로 평범하다. 하지만 나와 피노키오, 둘이 교감하며 나눈 흥미로운 이야기들이 숨겨져 있어 소중하고 의미 있다.

나에게 더 특별하고 의미 있는 이유-.
자극적인 맛을 좋아하고 편식이 심한 아이 같았던 내가 수수하고 익숙한 나물류의 진짜 깊은 맛을 알게 된 어른이 된 것처럼, 익숙함 속에 가려진 아름다움을 보게 해 줬으니까.

memo

추억

세상을 향해 비상하는

덴드로비움 모스차튬 *(Dendrobium moschatum* (Banks) Sw.)

세밀화를 그린다는 것은……

다른 사람의 시선에는 우아하고 멋있어 보이겠지만 소재 선택에서 자료 준비까지 오랜 시간이 걸린다. 특히, 식물세밀화는 일반 꽃 그림이나 보태니컬아트와 다르고 시각적으로 보여주기 위한 그림이 아니기에 식물학과 과학적인 자료가 준비되지 않으면 그림을 그리기 힘들다.

예를 들어, 식물의 성장 과정을 그리는 주제를 선정하면 식물이 새싹일 때부터 꽃을 피우며 열매를 맺는 과정까지의 자료를 찾아야 한다. 또한, 필요에 따라 식물을 직접 키우면서 관찰하고 기록까지 해야 되기 때문에 많은 시간이 필요하다. 그렇게 해서 자료를 수집하면 다행이지만 원했던 자료를 찾지 못하거나 찾은 자료가 잘못된 정보라면 그 내용을 사용하지 못한다. 그리고 키우던 식물이 여러 환경 조건의 영향을 받아 제대로 자라지 못하여 자료 수집에 실패하는 경우도 많다. 그래서 작가들은 구성과 스케치 작업이 완성되면 반은 그렸다고 말한다.

덴드로비움 모스챠툼 *(Dendrobium moschatum (Banks) Sw.)*

결론은 식물세밀화를 그리는 작가는 그림을 에쁘게 그려서 작가가 주목받기를 바라기보다 그리는 대상인 식물이 주인공이 되게 그려야 한다. 식물을 자기 마음대로 그리거나 그리고 싶은 것만 그려서도 안 되는 건 당연하고, 특히 왜곡되지 않게 그려야 한다. 식물학을 제대로 알고 과학적인 근거에 기반하여 식물의 있는 그대로의 특성을 예술 작품으로 표현하는 것이 식물세밀화에서는 가장 중요하다. 그래서 하얀 종이 위에 한 점으로 시작해 점에서 선으로, 선에서 면으로 정확하게, 더 세밀하게 그림을 완성하는 과정은 난이 힘들게 꽃을 피우는 과정과 비슷한 것 같다.

작년에 난초 프로젝트에 참여하는 기회가 생겼다. 처음에는 식물학도 어려운데 자료 수집도 쉽지 않고 그림 그리는 속도까지 따라가기 힘들어 '내가 이해를 못 하나? 실력이 부족한가? 그냥 포기할까?' 하면서도, 팀 프로젝트라 다른 작가에게 피해를 주면 안 된다는 생각으로 버텼다.

그리고 각각의 방식대로 자기 자리에서 열심히 자라고 있는 난초들을 바라보고 있으면 '내가 저 꽃들을 그림 소재로 데리고 왔는데 여기서 포기하면 안 되겠구나!!!' 하는 마음에 이전의 나약한 생각들을 반성하게

되었다. 심지어, 나의 불평 속에서도 내가 작품을 끝까지 완성할 수 있도록 꽃이 예쁘게 피어 주는 모습에 미안한 마음마저 들었다. 예쁜 꽃 그림을 그리기 위해 시

덴드로비움 모스차튬 *(Dendrobium moschatum (Banks) Sw.)*

작했던 취미 생활 덕분에 꽃과 식물에 관심을 가지고 관찰하게 되었음은 물론, 식물이 아름답게 성장하는 과정에서 감동과 위안을 받고, 열정과 희망까지 얻게 되었다.

난 프로젝트의 마지막 작품인 덴드로비움 모스차튬*(Dendrobium moschatum (Banks) Sw.)* 그림은 예전에 계획해 두었던 여행을 취소할 수 없어서 비행기까지 태워서 캐나다에 가져 가게 되었다. 세상에서 가장 크다는 난초라는 것도 놀랍고, 알면 알수록 성장 과정이 흥미진진해 더욱 재미있다. 모든 작품마다 재미있는 추억이 담겨 있어 잊지 못하지만, 짐을 챙길 때부터 하늘을 날아 캐나다에 도착한 후에도 함께했으니 특히나 이 작품은 더더욱 평생 잊지 못할 것 같다.

우리 함께, 꿈을 향해 비상해 볼까?

* 학명 참고: 린카틀리아 신잉 탱고(*Rhyncatola Hsinying tango (Pot.Memorial Gold x E. tampensis)*), 프로스린코리아 요란 그린워스(*Prosrhyncholeya Yoran Greenworth (Cattleychea Mae Bly x Rhyncholaeliocattleya Varut Greenworth)*), 덴드로비움 모스차튬(*Dendrobium moschatum (Banks) Sw.*).

슬리퍼 난초의 매력

파피오페딜룸 핑크 스카이 *(Paphiopedilum* Pink Sky*)*

색연필로 파피오페딜룸 핑크 스카이*(Paphiopedilum* Pink Sky*)*를 그리면서, 이 아름다운 꽃의 역사와 특징에 깊이 빠져들었다. 파피오페딜룸이란 이름은 키프로스(Cyprus)의 도시 파포스(Paphos)와 슬리퍼를 의미하는 그리스어 페딜론(Pedilon)의 조합이다. 아프로디테의 탄생지로 알려진 파포스의 신성함과 꽃의 독특한 모양이 어우러진 이름이다.

흥미롭게도 파피오페딜룸의 원산지는 키프로스가 아닌 인도, 남중국, 동남아시아의 아열대 지역이다. 이 난초가 '슬리퍼 난초'라는 애칭을 얻게 된 것은 그 특이한 꽃 모양 때문이다. 마치 작은 주머니나 슬리퍼처럼 생긴 꽃은 단순히 아름다움을 위한 것이 아니라, 곤충을 유인하고 수분을 돕는 중요한 역할을 한다. 이러한 진화의 흔적을 그리면서, 나는 자연의 경이로움에 다시 한번 감탄하게 되었다.

파피오페딜룸 핑크 스카이를 처음 보았을 때, 나는 디즈니의 『곰돌이 푸(Winnie-the-Pooh)』에 나오는 작은 돼지, '피글렛'을 떠올렸다. 아들이 어렸을 때 가장 좋

아했던 만화영화라 더욱 친근하게 다가왔다. 피글렛처럼 수줍어 보이는 이 꽃은 완전히 피었을 때, 마치 핑크빛 요정이 날개를 펼친 듯한 모습으로 변한다. 이는 마치 피글렛이 두려움을 극복하고 용기를 내는 모습과 닮아, 이 꽃에 더욱 애정을 느끼게 되었다.

그림을 시작할 때, 잎의 섬세한 무늬들이 나를 망설이게 했다. 하지만 한 잎, 한 잎 그려나가다 보니 어느새 전체가 완성되어 있었다. 이 과정은 마치 우리의 인생과도 같다는 생각이 들었다. 때로는 앞에 놓인 과제가 너무 크고 복잡해 보여도, 한 걸음씩 나아가다 보면 어느새 큰 성장을 이뤄낸 자신을 발견하게 되는 것처럼 말이다.

파피오페딜룸 핑크 스카이를 그리며, 나는 자연의 신비로움과 아름다움, 그리고 우리 삶과의 연결성을 다시 한번 깨달았다. 이 작은 꽃이 지닌 독특한 형태와 생존 전략, 그리고 그 안에 담긴 이야기는 우리에게 많은 것을 가르쳐 준다. 앞으로도 나는 이처럼 자연의 경이로움을 화폭에 담아내며, 그 속에서 삶의 진리를 발견해 나갈 것이다.

꽃과 함께한 추억의 조각들

카후자카라 신잉 핑크 돌(Chz. Hsinying Pink Doll)

아이가 어렸을 때 우리 가족은 10년 동안 독일에서 살았다. 독일 사람들은 자연과의 교감을 중요하게 여기는데, 특히 정원 가꾸기를 무척 즐긴다. 아침이면 정원에서 신선한 공기를 마시며 식사하고, 차 한 잔을 마시며 대화를 나누거나 책을 읽으며 여유로운 시간을 보내는 것이 일상이었다. 독일인들에게 정원은 삶의 일부이자 일상의 피로를 풀어 주는 공간이다.

주말에는 도시 근교에 있는 '슈레버가르텐(Schrebergarten)'이라는 작은 텃밭을 가꾸고, 온실을 설치하거나 모종을 심어 작은 밭을 일구며 시간을 보낸다. 옆집에 살던 홀만 아주머니도 매일 정원을 가꾸며 행복해했는데, 그 모습이 무척 인상적이었다. 아주머니는 종종 우리 가족을 온실로 초대하셨다. 휴가를 떠날 때면 정원에 물을 주는 일을 내게 부탁하셨을 정도로, 정원에 대한 애정이 남다르셨다. 아주머니의 온실에는 다양한 난초들이 가득했는데, 난초에 전혀 관심 없던 30대 초반의 나에게 각양각색의 난초들에 대해 열심히 설명해 주시며, "너도 나이가 들면 꽃이나 난초에 관심을 가지게 될 거야."라고 말씀하셨다.

20년이 지난 지금, 나는 어느새 난초를 키우고, 관찰하며, 심지어 그림까지 그리고 있다. 만약 홀만 아주머니가 지금의 내 모습을 보신다면 "너도 나이를 먹었구나."라며 환하게 웃으셨을 것이다. 내가 최근에 그린 카후자카라 신잉 핑크 돌(*Chz.* Hsinying Pink Doll)도 아주머니의 온실에서 처음 만난 난초 중 하나였기에 그 꽃을 다시 마주한 순간 특별한 기억 때문에 더없이 반가운 마음이 들었다.

이 난초는 꽃대 하나에 여러 송이가 무리 지어 피어나는 특징이 있다. 봄부터 가을까지, 일 년에 두 번씩 아름다운 꽃을 피우는데, 부드러운 분홍색 꽃잎이 특히 인상적이다. 꽃잎의 중심부에는 눈에 띄는 노란색과 흰색의 줄무늬가 있어, 그 대조적인 색감이 더욱 화려한 아름다움을 더해 준다. 하지만, 이 꽃이 한꺼번에 많이 피면, 무게를 이기지 못해 머리가 꺾일 수 있으므로 조심스럽게 다뤄야 한다.

홀만 아주머니는 꽃의 가장 큰 매력이 바로 '시드는 것'이라고 말씀하곤 하셨다. 꽃은 시들면서 자신이 살아있음을 증명하는 것이라는 그 말씀을 이제야 진정으로 이해할 수 있을 것 같다. 봉오리에서 꽃이 만개하고 시간이 지나 시드는 모습은 우리의 인생과도 같다. 꽃이 피고 지는 모습은 결국 내 삶의 한 장면과 닮아 있는 것이 아닐까?

≫ 김재연

작은 은하수

카틀레야 티니 트리슈어 '스타 아메시스트' (*Cattlianthe* Tiny Treasure 'Star Amethyst')

농원에는 은은한 오후 햇살이 비치고 있었다.

그리고 마치 혼자 그 햇살을 받는 것처럼 멀리서도 반짝이는 아이가 있었다.

"엄마, 저기야. 저기에 별이 있어!"

같이 간 딸아이가 나의 마음을 알아채기라도 한 듯이

반짝이는 아이를 향해 소리치며 달려갔다.

"그래, 별이 쏟아지는 것 같네."

맞장구를 치며 빠른 걸음으로

딸아이의 뒤를 쫓아갔다. 가까이

다가가자 나도 모르게 감탄이 새어 나왔다.

'아, 은하수다.'

딸아이를 쫓아가 도착한 곳엔 화사한 연둣빛의 곧게 뻗은 잎 위로 핑크빛 별들이 내려앉아 반짝이는 은하수를 만들고 있었다. 부드러운 곡선을 그리며 뻗어 있는 5개의 꽃잎과 꽃받침은 하늘의 별을 닮아 있었다. 그리고 그 가운데에 있는 설판*은 마치 별빛을 받은 물결이 일렁거리고 있는 것처럼 보였다. 핑크와 노랑의 조화가 비현실적으로 아름다웠다.

시선은 연둣빛 잎을 지나 자연스레 아래로 향했다. 길게 늘어져 있는 뿌리는 유달리 희고 깨끗하여, 그 모습이 마치 별들이 비처럼 쏟아져 내리고 있는 것 같았다. 별빛 폭포가 있다면 이런 모습이 아닐까 싶었다.

곁에서 쉴 새 없이 재잘거리는 딸아이의 목소리도 유난히 반짝반짝 빛이 났다. 꽃이 총총 박힌 작은 은하수와 함께 하모니를 이루어 평온하기 그지없었다. 그렇게 나는 오후 햇살이 붉게 물들 때까지 작은 은하수를 지켜보았다. 붉은 노을이 물든 은하수는 점점 더 깊고 풍성해졌다. 하늘에서 반짝이던 별이 잠깐 지상에 내려와 쉬고 있는 게 틀림없었다.

곧 달빛이 내려앉는 시간이었다. 달빛에 비친 작은 은하수는 어떤 모습일까?

이름 마저도 아름다운 '티니 트리슈어 '스타 아메시스트'*Cattlianthe* Tiny Treasure 'Star Amethyst')', 달이 뜰 때까지 함께 하고 싶은 날이었다.

*설판: 난의 꽃잎에서, 위아래 두 쪽으로 나뉜 꽃부리 가운데 혀 또는 입술 모양으로 변형된 아래쪽 꽃잎. (출처 우리말샘)

≫ 박선경

꽃과 인어 그리고 어린 시절의 꿈

브라소카탄데 리틀 머메이드 자넷(Brassocatanthe Little Mermaid 'Janet')

어릴 적 나는 상상하기를 좋아했다. 학교에서 돌아오는 길에 혼자 걸으며 머릿속에서 펼쳐지는 이야기 속 주인공이 되곤 했다. 백설 공주, 신데렐라, 콩쥐, 라푼젤 같은 동화 속 인물들은 내 상상의 세계를 가득 채워 주었다. 그중에서도 가장 신비로운 존재는 인어였다. 전설 속 인어는 매혹적인 노래로 선원들을 유혹하여 바닷속으로 이끄는 존재로 그려진다. 나는 가끔 인어공주의 슬픈 사랑 이야기를 상상하며 바닷속 깊은 곳으로 떠나는 꿈을 꾸곤 했다.

그러던 어느 날, 나는 브라소카탄데 리틀 머메이드 자넷(Brassocatanthe Little Mermaid 'Janet')이라는 꽃을 보게 되었다. 이 꽃의 이름이 '머메이드(mermaid)'인 이유는 꽃의 입술 부분(립)이 마치 비단 비늘처럼 인어 모양을 닮았기 때문이다. 꽃의 입술 부분은 꽃의 가운데에 자리 잡고 있으며, 매개자들이 꽃가루를 옮기기 쉽게 돕는 역할을 한다. 이 화려한 모양은 전설 속 인어처럼 신비롭고 매혹적이다.

브라소카탄데 리틀 머메이드 '자넷'은 간접적인 햇빛을 받을 수 있는 나무 그늘

park sunkyoung

의 환경에서 잘 자라며, 통풍이 잘되는 고목이나 물이 잘 배수되는 이끼 낀 바위에서도 잘 자라는 착생식물이다. 이 난초를 처음 봤을 때 고목에 뿌리를 뒤덮고 그 위로는 꽃들이 만개했으며 오렌지 껍질을 벗길 때와 같은 향이 났다. 그 모습은 마치 푸른 산호섬에 사는 인어들이 사람을 유혹하는 노래를 부르는 장면을 보는 것 같았다.

나는 이 장면을 화폭에 그려 나간다. 꽃의 이름 때문인지, 그 모양 때문인지, 어릴 적 읽었던 인어공주가 물거품이 되어 가는 모습을 떠올리며 꽃을 그린다. 그리고 그 속에 피곤한 일상 속에서도 잊지 않고 펼칠 수 있는 동심의 세계를 담으려 한다. 이를 통해 바쁜 현실 속에서도 잠시나마 순수한 상상의 즐거움을 느끼기를 바란다.

우연이 필연이 되어 버린 것 같아

심비디움 하트 오브 골드 *(Cymbidium madidum* × *Cymbidium* Cloversheen)*

　　이 아름다운 난초는 대형 화분에서 화려한 꽃을 피웠다. 이름
은 심비디움 하트 오브 골드*(Cymbidium madidum* × *Cymbidium* Cloversheen)*이며
Cym.madidum과 Cym.cloversheen의 교배종이라 한다. 꽃들은 주렁주렁 달려
있지만, 몇 개의 꽃잎이 떨어져 있는 흔적도 보인다. 그림으로 표현하기에는 다
소 아쉬움이 남는 모습이다.

나는 주로 꽃이 전체적으로 활짝 피어 있거나, 꽃봉오리와 함께 활짝 핀 꽃이 섞
여 있거나 혹은 꽃이 지고 있는 모습이 드라마틱해야 식물세밀화 소재로 고려한
다. 그런데 이 난은 세 가지 모습에 다 부합되지 않는다. 꽃을 활짝 피운 것 같지

만 이미 떨어진 꽃잎들이 듬성듬성 보여 조금 아쉬움이 남는다. 혼자였다면 떨어진 꽃잎이라도 주워서 자세히 살펴볼 수 있었을 텐데, 그것도 아쉬운 점이다.

노란색을 띠고 있는 난초지만 먼저 핀 꽃들은 약간 붉은색을 띠어 가고 있었다. 색의 조화가 아름답게 느껴진다.

"그림으로 표현하는 것에는 다소 아쉬움이 있지만, 너와의 만남을 기념하기 위해 이번 난초 프로젝트에 너를 포함했어. 마치 우연이 필연이 되어 버린 것 같아. 나와 너의 만남을 그림으로 기록하는 것만으로도 충분한 의미가 있음을 전달하고 싶어."

가족의 탄생화(花)

새우난초 *(Calanthe discolor* Lindl*.)*

난초과 세밀화를 준비하며 소재 선정을 앞두고 지난 사진을 찾아 보았는데 가장 많이 찍어둔 식물이 바로 10년 전부터 매해 같은 시기 같은 장소에서 보는 새우난초*(Calanthe discolor* Lindl.*)*였다.

10년 전 5월 육지에서 제주도로 놀러 온 친구의 요청으로 물영아리 오름에 같이 가게 되었다. 물영아리 입구에서부터 가파른 목재 계단으로 이어져 있어, 우리는 힘들게 꼭대기에 있는 산정 습지를 향해 올라가고 있었다. 그때 계단을 유유히 내려오던 물영아리 오름에 근무하는 자연환경해설사가 계단 양옆에 핀 예쁜 꽃들을 보며 그것이 새우난초와 금새우난초라고, 복원을 위해 식재한 것이라고 설명해 주었다. 바로 그 해설사가 지금의 내 남편이다.

남편은 그 이듬해 다른 직장으로 이직했지만 매해 5월 초가 되면 우리는 물영아리 오름으로 갔다. 프러포즈 이벤트 때, 임신 중일 때, 아이들과 기념일을 축하할 때, 탐방로 양쪽에 여전히 아름답게 핀 새우난초가 기념사진을 같이 채웠다. 작년에는 새우난초 열매를 직접 관찰하기 위해서 여름

철에 찾아간 것이 어색할 정도로, 5월의 물영아리 오름이 무척이나 익숙하고 정겹다.

새우난초는 염주처럼 서로 이어진 땅속줄기를 가지고 있는데, 이 모습이 새우를 닮았다고 해서 새우난초라고 불린다. 물영아리 오름 탐방로의 새우난초는 복원된 것이지만 정착하여 잘 자라고 있고, 인근 남원읍 수망리의 새우난초 자생지에서는 많은 개체 수가 무리 지어 피어 잘 성장 중이다. 그러나 야생화 출사나 무단 채취 때문에 자생지가 많이 노출되면서 훼손되고 있다고 한다. 이러다 자생지는 모두 사라지고 복원된 새우난초만 보게 되는 것은 아닌지 염려스러운 마음이 든다.

새우난초는 우리 가족의 탄생을 함께한 식물이니만큼 그 장소에서 오랫동안 보았으면 좋겠다. 나에게 의미 있는 식물을 세밀화로 남기게 되어 기쁘다.

갈색 투구를 쓴 듯

파피오페딜룸 레이디 이사벨 (Paphiopedilum Lady Isabel)

 5월 중순, 아직 본격적인 여름도 아닌데 내리쬐는 햇빛이 너무 강하게 느껴진다.

워싱턴 D.C.에 있는 미국 식물원에 가는 일정을 잡은 날이다. 설레는 마음에 발걸음도 가볍다. 온실 건물로 가는 길에는 처음 보는 꽃들도 있지만, 한국에서도 흔하게 볼 수 있는 나무들도 보인다.

온실 건물로 들어 간다. 온실의 규모가 그다지 크지는 않다. 그래도 대대로 물려 줄 만큼 튼튼한 느낌이 든다. 저기 난초들이 있다. 한국의 화원에서 본 적이 있는 난초와 비슷하게 생겼다.

마침, 꽃도 활짝 피어 있네. 가장 예쁜 모습일 때의 너를 만나서 더 반갑다.

위쪽 꽃잎은 거꾸로 뭉뚱그려진 하트 모양. 미색 바탕에 세로로 짙은 자주색과 짙은 갈색을 섞어 놓은 듯한 줄무늬들이 있고 양쪽에 좁고 긴 꽃잎이 붙어있다.

마치 모자를 묶는 긴 끈 같다.

아래쪽은 가장 중요한 생식기가 있는 부분인데 갈색 투구 모양 같기도 하고 주머니 같기도 하다. 이 주머니 속에는 뭘 감추고 있을까? 작정하고 보지 않으면 보이지 않는다. 이 주머니 뒤쪽에는 위쪽 꽃잎과 크기와 모양이 비슷한 또 하나의 꽃잎이 있다. 이는 마치 주머니를 돋보이게 하기 위해 배경으로 붙어있는 것처럼 보인다.

이 난초는 파피오페딜룸 레이디 이사벨*(Paphiopedilum Lady Isabel)*이며 교배종이라고 한다. 진화를 거듭해 오늘날 우리가 보고 있는 생물종, 그중에는 돌연변이로 생겨난 것들도 있을 테고, 우리의 목적을 위해 인위적으로 탄생시킨 수많은 교배종도 있을 터인데 식물학자들은 어떻게 이 모든 걸 기록하고 분류하는지 나는 생각만 해도 머리가 아프다.

오늘도 더 새롭고 더 아름답고 유용한 식물들을 만들어내기 위해 애쓰는 분들께 감사드린다.

당신을 믿습니다

지고페탈룸 (Zygopetalum sp.)

　　얼마 전 초·중·고 학창 시절을 함께 한 친구 5명과 환갑 여행을 떠났다. 앳된 모습의 아이들이었던 우리가 어느덧 손녀를 둔 할머니의 모습으로 변해 가고 있음이 새삼스러웠다.

모처럼 함께 많은 시간을 보내며 발랄했던 소녀로 돌아가 깔깔거리며 즐거움에 젖어 들었다. 누구에게나 인생의 고비가 있듯이 그동안 각자 참 힘든 시간이 많

앉다. 혼자서는 넘기 어려운 고통과 고독의 시간도 많았었다.
그때마다 믿어 주고 격려해 주는 친구들이 있어 다시 일어설
수 있었다.

이제는 흰머리가 난 친구들을 보며 '당신을 믿습니다'라는 꽃말의 지고페탈룸
(*Zygopetalum* sp.)을 떠올렸다. 살맛 나는 삶이란 나를 믿는 사람들과 내가 믿는
사람들로 채워진 여정이 아닐까, 생각해 본다. '천상의 향기'라는 지고페탈룸의
애칭처럼 친구들과의 우정도 좋은 향으로 오래 채워지기를 소원해 본다.

happin

ess

≫ 최주연

아름다운 삶

루디시아 디스컬러 (Ludisia discolor)

묘한 잎의 색감이 나를 즐겁게 했다. 보석 같은 타원형의 잎은 윗면은 녹색, 아랫면은 자주색을 띠는 부드럽고 매끄러운 질감이다. 거기에 중심부에는 노란색 점이 있는 작은 흰색 꽃을 피운다. 줄기가 굵고 짧은 형태로 지면을 기어가듯이 자라니 다양한 색상의 변화가 지루하지 않다. 마치 자신을 알아달라 뽐내니 보는 사람에게 묘하게 들뜨고 즐거운 기분을 선사한다.

폭신한 벨벳처럼 느껴지는 잎은 그리는 내내 큰 즐거움을 주었다. 하나의 잎에서 이렇게 다채로운 색상이 나타날 줄이야⋯⋯. 또 다른 생명이 기다리듯이 새하얀 꽃이 붉고 푸른 잎사귀 사이로 길게 올라오는 모습은 끝없는 여정과 새로운 시작을 상징하는 듯했다.

루디시아 디스컬러(*Ludisia discolor*)가 내게 전하는 변화의 아름다움은 단순한 시각적 즐거움을 넘어서 다양한 생각이 들게 했다. 변화무쌍한 잎을 보면서, 한때 목표를 세우고 그것을 이루는 데만 집중했던 나를 돌아보게 되었다. 목표를 달성하고 나면 공허함을 느끼며 다시 새로운 목표를 찾아 헤맸던 내게, 이 작은 식

물은 또 다른 시각을 선사했다. 하루하루 달라지는 이 난의 모습을 보면서 그 과정에서의 즐거움을 발견하게 된 것이다. 앞만 보고 달려가던 나에게는 현재의 삶에 대한 즐거움을 제대로 느끼지 못했던 것 같다는 회한이 밀려왔다. 지금, 이 순간은 다시 오지 않을 소중한 삶의 한 조각이라는 걸 어째서 잊었던 걸까?

이제 나는 틀려도 괜찮고, 빨리하지 않아도 괜찮다는 생각을 한다. 중요한 것은 주변을 돌아보고, 조금씩이라도 나아가는 자기 모습을 칭찬하며 격려하는 것이다. 이 작은 난초가 가르쳐 준 것처럼, 삶의 아름다움은 목표에 도달하는 것이 아니라 그 과정에서 즐거움과 마음의 여유를 느끼는 것이다. 이제 나는 현재의 순간을 소중히 여기며, 이 순간을 즐기려 한다.

난(蘭)처한 이야기

캐틀리안티 신잉 애저 (Ctt. Hsinying Azure (Ctt. Final Blue 'Royal Purple' x
C. walkeriana var. coerulea 'Edward' AM/JOS))

'진짜 살아있는 건가?'

처음 마주하고 비현실적으로 아름답다고 생각했어요. 완벽하게 포장된 화분을
얼마큼 표현할 수 있을지 근심으로 감싸안고 집으로 데려왔는데요. 우선 바람이
잘 들어오고 볕이 잘 드는 곳에 모셔두고 바라만 봤어요. 거실을 가득 채운 향은
산뜻했고 한 달 가까이 또렷하게 생생한 꽃에 홀린 듯 시선이 머물렀지요. '황송
하게 이쁘네', '너무 예뻐 차마 손을 못 대겠네', 우물쭈물하며 꽃이 시들게 됐더
니 그 후로 새로운 환경에 적응을 못하더라구요. 훗날을 위해선 아쉬워도 자료
도 남길 겸 꽃을 짧게 감상하고 잘라둬야 했나 봐요.

문득 난초과 세미나에 참여했을 때 들은 강사님의 말이 떠올랐어요.

"난은 살리는 것도 3년 걸리고 죽이는 것도 3년 걸린다."

그런데 6개월 만에 초고속 저승길을 보내버렸으니 이걸 어째요? 아무튼 조짐이

훈이

안 좋다는 생각에 뿌리나 관찰하자 싶어서 실컷 자료를 남긴 후 혹시 몰라 다시
화분에 심어줬는데 그 뒤로 시름시름 앓더니 영영 안녕하게 되었답니다.

세미나에서 들은 두 번째 인상적인 말은 "난처럼 키우기 쉬운 게 어디 있느냐,
어떡하면 난을 죽이냐."라는 거였어요. 난을 까탈스러움의 상징처럼 알고 있던
터라 가치관의 혼란이 오더라고요. '참 쉽죠'를 연발하던 화가 '밥 로스'가 떠오
르면서 전문가의 위용을 느끼는 순간이었어요.

'캐들리안티 신잉 애저'의 학명은 *(Ctt.Hsinying Azure(Ctt.Final Blue 'Royal Purple' x C.
walkeriana* var. coerulea 'Edward' AM/JOS))예요. 꽃만 보고 결정했던 소재여서 후에
이름표를 보는 순간 눈알이 데구루루 구르는 것 같았어요. 학명이 너무 길어서
어떻게 해석해야 할지 난처했거든요. 그런데 알고 보니 생각보다 간단했어요.
여러가지 난초의 교배종인 캐틀리안티 파이널 블루 '로얄 퍼플'과 원종인 카틀
레야 워크리아나 '에드워드'의 교배종이라는 의미였어요.

그중 원종의 학명을 해석하면, 이 난은 카틀레야속, 워크리아나종으로 'var.'
은 '변이종'이 나왔다는 의미로 'variety'(버라이어티)의 약식 표기입니다.
'coerulea'(세룰레아)는 '변이명' 중 하나로써 라틴어로 '하늘색의'라는 뜻이에요.
흔히 하늘색 물감을 '세룰리안 블루'라고 부르는데요. 난 꽃에서는 전체가 연보
라색이면서 입술부분만 보라색인 경우에 세룰레아라고 해요. 그리고 학명 끝의
'AM/JOS'는 카틀레야 워크리아나 '에드워드'가 일본난협회(JOS)에서 상을 받았

다는 이력을 뜻하는데, 앞의 'AM'은 80~89점으로 실버 메달에 해당하는 점수를 나타내요.

꽃 보고 반해서 그려보겠다고 덜컥 데려와 놓고는 그렇게 안녕을 고하고, 이름표는 해석도 못 하는 스스로가 참 초라했는데요. 일 년 남짓한 시간이 흐르면서 관심의 지평이 넓어져 이제는 이렇게 낯설었던 식물을 그림으로 남길 수 있게 되었습니다.

귀감이 되는 난초

트리고니디움 에게르토니아눔 *(Trigonidium egertonianum)*

트리고니디움 에게르토니아눔*(Trigonidium egertonianum)*은 중남미 일대의 해발 900m 이하에서 자라는 난초과 식물이다. 습한 환경에서 자라는 나무의 가지에 붙어 기생하는 착생란이기도 하다. 잎은 길고 가늘게 나 있어 동양란의 잎을 연상시키는데 알뿌리가 빽빽하게 모여 자라기 때문에 풍성해 보인다. 그에 비해 은은한 연노랑 빛의 꽃은 연두색 잎과 크게 다르지 않은 색상에 크기도 작고 꽃대에 단 한 송이가 달리기 때문에 얼핏 보면 눈에 잘 띄지 않는다.

하지만 조금만 자세히 들여다보면 개성 있고 존재감 있는 꽃임을 알 수 있다. 연노랑 꽃잎의 붉은 갈색 맥은 줄무늬 옷을 입은 멋쟁이 신사처럼 느껴진다. 화려하진 않지만 홀연하게 개성 있는 존재감을 내뿜으며 눈길을 사로잡고 있다.

'누가 뭐라고 하든 나는 내 방식대로 살 거야, 남은 신경 쓰지 않을 거야.'라고 말하는 것 같아서 작가 생활을 하면서 고민이 많은 나에게 귀감이 되는 난초이다.

항아리에 담긴 감정의 꽃

프로스테케아 라디아타(*Prosthechea radiata* (Lindl.) W.E.Higgins)

프로스테케아 라디아타(*Prosthechea radiata* (Lindl.) W.E.Higgins)를 처음 그리기 시작할 때는 단순히 아름다운 결과물을 기대하는 가벼운 마음으로 펜을 들었지만, 시간이 지날수록 과정의 섬세함과 복잡함을 깨닫게 되었다. 그러나 그만큼 완성된 작품에 대한 자부심과 애착도 커졌으며, 작업을 하며 느꼈던 여러 감정은 마치 항아리에 차곡차곡 쌓여가는 소중한 추억들과도 같았습니다.

이번 작품은 단순한 그림 그리기 이상의 특별한 경험이었고, 그 과정에서 일상에서 벗어난 홀가분함을 느꼈습니다.

작업의 첫 단계는 전체적인 윤곽을 잡는 것이었습니다. 꽃은 주로 흰색에서 옅은 녹색을 띠며, 입술 부분에 자주색 또는 갈색의 줄무늬가 있습니다. 이 줄무늬가 꽃의 색채 대비를 만들어내어 매우 매력적입니다. 꽃의 크기는 약 2.5cm~4cm 정도로 비교적 작은 편입니다. 하지만 여러 송이가 무리를 지어 피기 때문에 시각적으로는 매우 풍성하게 느껴집니다. 꽃잎과 꽃받침은 좁고 길쭉하여 약간 뒤로 젖혀져 있습니다. 이로 인해 꽃의 중심부가 더 도드라져 보이는

형태를 가집니다. 식물의 형태와 비율을 정확히 표현하기 위해 실물을 꼼꼼히 관찰하느라 많은 시간을 들여야 했습니다.

윤곽이 완성된 후, 채색을 시작하면서 더 많은 집중력이 요구되었습니다. 마치 항아리를 빚을 때, 작은 흠집 하나라도 생길까 봐 신경을 쓰듯, 단순한 아름다움 그 이상인 잎사귀의 형태, 질감, 꽃의 색을 채워 나가기 위해 각기 다른 다양한 색과 형태로 디테일을 자연스럽게 표현하며 긴 시간 정성을 들였습니다.

뿌리를 그릴 때는 식물의 숨겨진 부분을 드러내는 작업이라 더욱 흥미로웠습니다. 뿌리의 섬세한 질감과 복잡한 구조를 표현하기 위해 다양한 갈색과 회색을 사용하였는데, 끝부분의 옅은 녹색은 활발히 성장 중임을 나타냅니다. 식물의 생명력을 지탱하는 중요한 부분이기에, 뻗어 나가는 방향과 굵기를 섬세하게 표현하여 끊임없이 생명을 유지하고 있음을 담아내려고 노력하였습니다.

마치 오래된 항아리에 시간과 정성을 들여 담은 술이 숙성되어 익어 가는 과정처

프로스테케아 라디아타(Prosthechea radiata (Lindl.) W.E.Higgins)

럼 세밀화에도 나의 감정과 시간이 담겨 더욱 깊은 의미를 가지게 되었습니다.

꽃, 잎사귀, 뿌리, 각각의 표현이 모인 이 작품은 나의 노력과 열정 그리고 그 속에서 얻은 여러 가지의 배움을 상징하는 결과물로 남게 되었습니다. 창작이 단순히 아름다운 결과물을 만드는 것이 아니라 그 과정에서 자연과 교감하고 이해하는 것임을 배우게 되었고, 긴 시간 인내하고 끊임없이 도전하며 얻은 성취감은 소중한 경험이 되었습니다.

작은 꽃 한 송이에도 얼마나 많은 아름다움과 의미가 담길 수 있는지를 생각하게 되었는데, 이는 우리에게 작은 것에서 행복을 찾고, 그것을 소중히 여기자는 교훈을 가르쳐 줍니다. 모든 것에 깊은 감사의 마음을 전하며 이 식물세밀화가 다른 이들에게도 감동과 영감을 줄 수 있기를 바랍니다.

그리고 이 모든 과정을 마친 후, 현실적으로 정말 크게 깨달은 바가 있습니다. 인내와 커피, 음악만 있다면 그 어떤 것도 해낼 수 있다는 것을.

밤의 귀부인

브라사볼라 노도사 (Brassavola nodosa 'Lee won')

"엄마의 프로필 사진은 왜 꽃밭일까?"

노래 제목도 있듯이 어느덧 내 프로필 사진도 꽃으로 채워지고 있다. 엄마가 되어서일까? 아마 젊고 아름다웠던 자기 모습을 꽃에서 찾고 싶은 것일지도 모른다.

어렸을 때 기찻길 아래 풀밭에는 앙증맞은 제비꽃, 민들레, 노란 달맞이꽃, 개망초…… 흔하지만 계절마다 예쁜 색으로 물들어 가는 모습에 항상 발걸음을 멈추고 쪼그리고 앉아 시간 가는 줄 모르고 들여다보곤 했다. 생각해 보면, 그저 예뻐서였던 것 같다. 봄이면 뒷산 진달래꽃을 따서 먹으며 친구들과 소소한 일에도 깔깔, 집안의 잔걱정을 웃음으로 날려 버리곤 했다.

이제 중년의 나이에 보는 꽃들은 다른 모습으로 보이는 듯하다. 많은 시간 속에서 깨달은 삶의 의미를 꽃에서 보게 되나 보다. 너무 바쁘고 고달파서 쉬고 싶을 때 미국의 동화 작가이자 화가인 타샤 할머니의 정원 가꾸기와 그림 그리는 모

습을 몹시 부러워했다. 좀 불편하고 느리지만 그녀가 정원의 꽃들을 가꾸면서 그린 그림을 보며 그 삶이 그저 꿈같이 보였다. 그런데 꿈은 이뤄지라고 있나 보다! 내게도 그 꿈이 현실로 서서히 다가왔다.

어느 문화센터에 걸려있던 '보태니컬아트' 그림 한 점이 나의 미래를 바꿀 줄이야. 아주 생소한 분야의 꽃 그림에 반해 시작했지만, 이제는 꽃을 세밀하게 관찰하고 분해도 하면서 경이로움과 아름다움, 다양함에 감탄까지 하며 그리게 되었다. 퇴근 중에 길가의 식물에 심취하기도 하고, 사진도 찍느라 퇴근 시간이 길어지기도 한다.

번화가 도심에서 살다가 아픈 남편 때문에 공기 좋은 마당 있는 집으로 오게 되었다. 이제 남편은 떠났지만, 한 송이, 두 송이 늘어나는 다양한 꽃들이, 그 꽃으로 채워지는 꽃밭이 내게 큰 위로가 되고 있다.

그러다 우연한 기회에 찾은 난 농원에서 카리스마 있게 우뚝 선 멋진 난을 만났다.

브라사볼라 노도사(Brassavola nodosa 'Lee won')

이름도 생소한 이 난의 쉽게 범접하지 못할 모습에 마음이 끌렸다. 꽃이 순백색이고 큰 원종인

'브라사볼라 노도사'와 6~7cm 화형에 별같이 날카로운 형태를 가진 태국의 'BC.Rustics Spots'와 크로싱을 한 종이었다. 멋진 외관에 걸맞은 '밤의 귀부인' 이라는 우아한 애칭으로 불린다.

수정 매개체인 야행성 나방을 유혹하려고 밤에 강한 향을 내어 붙여진 애칭이란 다. 벌브는 타조 발목처럼 날씬하고 잎은 뾰족하고 깃털같이 단정한 느낌을 낸 다. 꽃잎 한 장, 잎 하나, 뿌리 한 가닥 한 가닥 신비롭고 아름다운 본연의 모습을 그림으로 표현하기엔 부족한 듯하다.

아직 완벽하지는 않지만 어느덧 나도 타샤 할머니처럼 꽃을 가꾸며 꽃 그림을 그리고 있다. 나의 꿈도 다양하고 아름다운 색으로 채워지고 있다.

≫ 김미선

마음 쉴, 꽃주머니

노랑복주머니난(Cypripedium calceolus)

누구나 마음속에 간직하고 싶은 곳
내 마음을 내려놓고 쉴 수 있는 안식처
그곳을 찾아가고 싶다.

꽃을 보고 꽃의 향기를 맡으며
아름답고 소중했던 기억을 떠올리며
꽃주머니 속에 담긴 내 마음을 바라본다.

내 생의 기쁨을 발견하고
새로운 꿈을 꾸며
허전함과 아쉬움을 되새겨 본다.

이제는 꽃주머니 속에
일상의 작은 행복을 담고
소중한 순간들을 즐겨 보고 싶다.

바쁘게 살아가는 세상 속에서
내 삶에 새로운 생기를 불어넣고
나만의 행복이 담긴 소중한 공간

꽃주머니 안에서 나는 꿈을 꾼다.
"아름답고 건강한 삶을 살아가는
꿈이 있는 세상을 담고 싶다."